何 奇

水月敦煌

WATER-MOON DUNHUANG

敦煌文艺出版社

图书在版编目（C I P）数据

水月敦煌 / 何奇著 . -- 兰州 : 敦煌文艺出版社，
2018.11（2023.1重印）
ISBN 978-7-5468-1665-4

Ⅰ . ①水… Ⅱ . ①何… Ⅲ . ①剧本－作品综合集－
中国－当代 Ⅳ . ① I230

中国版本图书馆 CIP 数据核字（2018）第 266487 号

水月敦煌

何 奇 著

责任编辑 : 杜鹏鹏
装帧设计 : 李晓玲　禾泽木

敦煌文艺出版社出版、发行
地址：（730030）兰州市城关区读者大道 568 号
邮箱：dunhuangwenyi1958@163.com
0931－2131373　2131397（编辑部）　　　0931－2131387（发行部）

三河市嵩川印刷有限公司印刷
开本 787 毫米 ×1092 毫米　1/32　印张 9.25　插页 1　字数 164 千
2019 年 6 月第 1 版　2023 年 1 月第 2 次印刷
印数：3 001～6 000

ISBN 978－7－5468－1665－4

定价：38.00 元

Contents

目录

【电影剧本】

寻找女神

Looking for a goddess

何奇

1.北京舞蹈学院(外　日)

　　漂亮的教学大楼、争艳斗丽的花朵、林荫小道。

　　钢琴声、歌声、音乐声等从教学大楼飘出。

　　穿着练功服的学子,在校园林荫小道走动,有的在树林里踢腿、下腰……

2.留学生公寓(内　日)

　　舞台上,正在演出敦煌舞。

　　一位唐代舞姬,挥舞琵琶,尽情舞蹈,后有波斯姑娘伴舞,敦煌曲调和波斯音乐完美糅合,优美抒情而动听,整台舞蹈飘逸着浓郁的敦煌舞风和波斯异域情调。镜头拉开,原来是桌上摆放的电脑屏幕。

　　一个外国留学生坐在桌前观赏视频舞蹈,他的名字叫巴德里,他情绪激动而兴奋,禁不住手舞足蹈:好!好!

旁边,留学生胡塞尔坐在床头,正面对画板聚精会神素描,被巴德里的叫喊惊动,抬起头,说:巴德里,能不能安静些?

巴德里不管不顾,举着拳头:棒!棒!太棒了,太棒了!

胡塞尔:什么太棒了?

巴德里:敦煌舞!敦煌舞!跟我们波斯舞结合起来,太完美太棒了!棒极了!

胡塞尔:是吗?

巴德里:快过来看看!

胡塞尔放下画笔,起身走过来观看。

屏幕上,那位舞女正在表演反弹琵琶,女子身材修长,曲线标致,眼睛漂亮,造型优美……

胡塞尔也来了兴趣,称赞着:舞蹈美,姑娘也美,美!标准的东方美人!

巴德里感叹着:我原以为我们波斯人的舞蹈音乐很美,原来中国的敦煌舞同样美,如果把我们的波斯舞跟敦煌舞结合起来,取长补短,加以创新,那会是世界上最美妙的舞蹈艺术!——我决定去敦煌!

胡塞尔:去敦煌?

巴德里:对!马上!——为了我追求的舞蹈艺

术,还有那女神般美丽的飞天姑娘！要让她嫁给我！嫁给我！

他挥舞着拳头边说边拿过拉杆皮箱,往里面装东西。

胡塞尔见他动真,叫喊着:你疯啦？你是研究东方舞蹈的留学生！

巴德里:东方舞蹈艺术的精髓在敦煌,我心中的女神就是那位飞天姑娘！

他边说边挥着拳头,拉起拉杆箱就向外走去。

推出片名:寻找女神

3.公寓走廊(内　日)

巴德里走出宿舍门,快步向前走。

胡塞尔追出来,叫喊着:巴德里,巴德里……

巴德里不停地往前走。

胡塞尔:疯了,真疯了……(紧跑几步追上去,劝阻)我再问你一次,你真去敦煌？真去追那个飞天姑娘？

巴德里:废话！我这不已经行动了？——去机场,乘飞机,马上就可以到达敦煌,如果运气好的话,今晚就可以见到我心中的飞天女神！

胡塞尔讥笑道:你连人家姑娘的名字都不知道,

怎么找？怎么追？

巴德里:鼻子底下长着嘴,不知道可以问!

胡塞尔:人家如果结婚了……

巴德里:这你就不懂了,搞舞蹈艺术的女孩不会早早把自己的艺术生涯送进坟墓的! 就是结了婚……

胡塞尔:(打断)——破坏人家的婚姻啊?

巴德里:——追求美是人的权利! 我也忠告你,不要把思维拘谨在校园里,应该去丝绸之路寻找创作灵感,寻找商机!

巴德里说话时,总是发誓似的挥着拳头。

胡塞尔讥笑地:你总喜欢做梦!

胡塞尔见劝不住,失望地停住,眼望着巴德里拖着拉杆皮箱走下楼梯,走出公寓楼门,向校园外走去……

4.敦煌月泉风景区　湖畔　排练场(外　日)

清晨,阳光明媚,湖畔树林沐浴在金色阳光里。

一曲敦煌舞曲在湖畔优美舒缓飘荡。

排练场上,正排练舞剧《丝路彩虹》。扮演飞天姑娘的谷欣雨身着练功服,随着舒缓优美的音乐舞蹈,尽力挥洒表现剧情内容,喜悦渴盼波斯王子到来。

她就是巴德里在电视里看到的飞天姑娘。伴舞姑娘们看到谷欣雨优美的舞姿,动情的表演,羡慕而嫉妒。倏然,音乐激越,扮演舞女的周淘淘上台,报告白马王子到来的消息,飞天姑娘顿然欣喜,舞姿更加优美!

波斯王子登场了,扮演者名字叫余家辉,身着练功服,伴随着音乐上场。

飞天姑娘谷欣雨欣喜地迎上去,然而当她见到恋人时,突然一怔,随之动作迟钝缓慢,跟不上节拍。余家辉见此情景无奈停下,向旁边的放音师挥了挥手:"——停!"

音乐戛然而停。

余家辉脸上出现不高兴:欣雨,怎么搞的?又……

谷欣雨痛苦地摇了摇头,不知说什么……

陪舞的姑娘也停下来,叽叽咕咕,小声议论着。

"都排练了好多次,每回到这里就卡壳……"

"都大半年时间了,她怎么还迈不过这个坎儿……"

"这剧可怎么排下去……"

谷欣雨痛苦地低着头。

余家辉:欣雨,这段舞蹈主要表现飞天姑娘焦渴期盼离别多年的王子,此刻久别重逢,应该喜悦、兴奋、激越、激动!知道吗?动作既要舒缓柔美,激情饱满,又要表现出敦煌女子特有的阳光、奔放之美!可你,每到这节骨眼儿上,感情却突然沉落,悲伤……

谷欣雨沮丧地:可,可我,我不知怎么了,每回到这里总是……

余家辉:你能不能振作起来?都这么长时间了……

谷欣雨忽然哭叫:——不要说了!

她捂住嘴巴哭泣着,顺湖畔曲径向远处跑去。

余家辉:欣雨——

追赶上去。

5.月泉湖畔　凉亭下(外　日)

谷欣雨跑到湖畔的凉亭下,泪眼汪汪地望着湖面。

一对鸳鸯在湖面上自由游弋。

余家辉从后面追上来,气喘吁吁停在谷欣雨身旁,歉意地说:欣雨,对不起,刚才我不该责怪你……

谷欣雨没有反应,戚然地望着前面。

余家辉:其实,这不是你的错,是,是……(他不知怎么表述)

谷欣雨仍凄然呆望着前面,好像没有听见余家辉的话。

余家辉:……你的心情我理解。不过,你该从那种悲痛的心情中走出来,我们的舞剧已经停演了好长时间,不能就这样停下去,需要继续排练,继续演出!

谷欣雨仍默不作声,泪水却溢出眼眶,在脸颊默默流落。

余家辉忙从兜里掏出汗巾纸,递向谷欣雨,让她擦泪。

谷欣雨没有接,余家辉欲替她擦泪,谷欣雨轻轻挡过他的手。

余家辉:欣雨……

谷欣雨:让我一个人静一静!

谷欣雨离开了,顺湖畔曲径向艺术团走去。

余家辉尴尬地停住,手里捏着面巾纸,失落而沮丧地望着谷欣雨。

扮演传信舞女的周淘淘从排练场过来,见余家辉失落的样子,讥笑他:又碰壁了吧?

余家辉:你来干啥?

周淘淘:我来看看你,(讥刺)怕你经受不住痛苦打击晕过去!

余家辉:你胡说什么!

周淘淘:我没有胡说,真的,你不懂!欣雨的心不在你这儿!

余家辉:……

余家辉沮丧的样子。

周淘淘笑嘻嘻地:你永远追不上欣雨,更到不了她的心里,还是我俩吧?啊?(挽上余家辉的胳膊,带着讥刺），我都喜欢你那么长时间了！

余家辉：去去去，真烦人！

他把手里的面巾纸揉作一团，扬手扔了，扭头往回走。

周淘淘咯咯地讥笑：你以为我周淘淘真看上你了啊？逗你玩哩！

6.戈壁旷野（外　日）

谷欣雨驾车行驶在戈壁公路上。

远处的雪山逶迤起伏，近处的沙丘、红柳、沟壑从车窗掠过。

谷欣雨痛苦的脸，忧郁的眼睛……

路旁，不远处出现一片胡杨林，谷欣雨停住车，下车向胡杨林走去，到了胡杨林前，忧郁的眼睛望着深旷的胡杨林，半晌默默进入胡杨林……

7.敦煌飞机场（外　日）

一架波音飞机徐徐降落，在跑道上滑行，慢慢停住。

机场指挥塔楼、候机楼、"敦煌飞机场"标牌等，在阳光下闪耀。

巴德里出现在出口，兴奋激动地蹦跳欢呼：敦煌——我来啦！我的飞天女神——我巴德里来啦！

乘客向他投去惊奇的目光。

巴德里抢着冲出机场出口。

8.敦煌城　盘旋路(外　日)

盘旋路中央,象征城标的反弹琵琶雕塑,高高矗立在灿烂的花团中。

车辆、行人、川流不息,繁花似锦,热闹而有序。

巴德里头戴旅行帽,肩背旅行袋、胸前挂着照相机,骑着自行车来到盘旋路,惊喜地叫着"OK,OK",脚点地停下来,端着照相机,拍摄反弹琵琶,拍摄城市景观。忽然有人在后面拍他的肩, 他专心致志拍照,没有转身,那人把他拉转过来。

那个人戴着墨镜,戴着旅行帽,拖着拉杆箱,巴德里欲发火:你,你要干啥?……

那人摘下墨镜。

巴德里惊喜地:哇! 胡塞尔! 胡塞尔! 真是你吗? 真来了吗?

胡塞尔:真来了! 你乘第一趟班机,我乘第二趟,刚刚下飞机,就碰到了你!

巴德里:(拥抱)我的朋友! 我好像在做梦! ——快去寄存行李,租辆自行车,我们一道上路,去寻找飞天姑娘! 我已经打听清楚了,她叫谷欣雨,是敦煌舞蹈艺术团演员,她们艺术团在郊外的月泉风景区!

快去！快去！

胡塞尔:好好好！

9.胡杨林内(外　日)

谷欣雨在胡杨林默默走动，沉思回忆过去的事……

眼前出现两棵粗大的胡杨树,它们盘根错节,交缠一起,树冠如伞,浓荫覆地,她来到树下停住,望着合抱在一起的胡杨树,脸上渐渐出现悦色,忽然画外传来咯咯的笑声和欢叫声。

"咯咯咯咯……"

"咯咯咯咯……"

谷欣雨眼前出现她跟男友余铁丹（巴德里的相貌跟余铁丹很相像）的往事……

（闪回）

谷欣雨和男友余铁丹欢笑着在胡杨林的沙地上追逐奔跑。

谷欣雨在前面奔跑，身上的彩裙蝴蝶翅膀般飘舞着,余铁丹在后追赶,洒下一路欢声笑语。谷欣雨跑到那棵胡杨树前停住,望着两棵合抱的树若有所思,余铁丹追赶上来,见她痴痴地望着那合抱在一起的胡杨树,明白了她的心意,深情地望着她,谷欣雨也深情地望着余铁丹。

两双含情脉脉的眼眸无声地相对着，闪烁着火花。

余铁丹忽然把谷欣雨拥进怀里，两人狂吻起来，接着慢慢倾倒在沙地上，滚做一团，如同燃烧的火……

（闪回结束）

谷欣雨站在那儿，仍沉浸在爱情的往事里……

10.戈壁公路 （外　日）

巴德里和胡塞尔骑着自行车行驶在戈壁公路上。

那片胡杨林出现在他们的视野里。胡塞尔对胡杨兴趣大增，说：据说，胡杨千年不死，死后千年不倒，倒下千年不朽！我们去胡杨林看看吧！

巴德里：每棵胡杨都记载着千年历史，它是历史的见证者、记录者，我们应该去看看，可……

胡塞尔：——放心！不会耽误你寻找女神，说不定她就在胡杨林等你！走吧！

他俩拐向去胡杨林的小路，向胡杨林骑去。

11.胡杨林前(外　日)

连片蓊郁的胡杨，布落在高低不平的沙地上。

有的地方密密匝匝，有的地方稀疏点缀；苍翠而遒劲，古老而宁静。

巴德里和胡塞尔来到胡杨林前，被浩大的胡杨林震惊，叫嚷欢呼。

巴德里：哇！好大的胡杨林！

胡塞尔：沙漠娇子！太壮美了！

他俩支好自行车。巴德里取出照相机，胡塞尔带着画板，冲进胡杨林。

12.胡杨林里（外　日）

巴德里发疯似的穿游在胡杨林里，一会儿爬上沙坡，一会儿钻进密林，一会儿躺着，一会儿趴着，拍摄那粗壮的、干枯的、倾倒的胡杨。

胡塞尔坐在一棵胡杨树下，膝上放着画板，描画眼前半埋在沙漠里的古老胡杨，它的枝丫仿佛手指般伸向蓝天……

巴德里咔嚓咔嚓地摁着快门，忽然一个姑娘出现在他的镜圈里，他揉揉眼睛，当看到谷欣雨在前面的树林里走动，惊呼大叫：女神！——飞天姑娘！

他大叫着跑过来向胡塞尔招手：胡塞尔，快过来，快过来看哪！

胡塞尔听到喊声，回应道：怎么啦？

巴德里：女神，我的飞天姑娘出现了！出现了！

胡塞尔自言自语讥笑着：这家伙又开始做梦了！

巴德里见胡塞尔没有动，催促着：快啊，快啊！

胡塞尔将信将疑地站起来,走上前去观看。

胡塞尔:在哪儿?

巴德里指着前方的密林深处:看看,在那儿,那儿……

胡塞尔顺着他手指的地方观看,却什么也没有看到,树林静悄悄的。

胡塞尔:人呢? 在哪? 在哪儿?

巴德里望着前面的树林,也发现人没有了:怎么突然不见了?!

胡塞尔抬手摸了摸巴德里的额头:没发烧吧?

巴德里跳起来:真的! 是真的! 刚才我真真切切看到她了,我去追她!

他扔下胡塞尔追了上去。

胡塞尔望着巴德里远去的背影,摇着头讥讽地:这家伙真不可理喻!

13.胡杨林深处(外 下午)

巴德里穿行在树林里,寻找他心目中突然出现又忽然消失的飞天姑娘。

他登上沙坡,又走进沙沟,却不见飞天姑娘的影子。

夕阳西下,霞光如残血。

他失望地四处观望,忽然发现不远处的沙梁顶上站着个人,在夕阳映衬下飘飘欲仙的样子。

巴德里惊喜地:啊?——飞天姑娘!

他向沙梁飞奔而去,边跑边叫喊。

14.沙梁下(外　傍晚)

谷欣雨身披夕阳,呆望着远处,听到喊声转身,见巴德里忽然惊叫:啊?!铁丹!铁丹!——我的铁丹!

她惊喜叫喊,向沙梁下奔跑,几次险些摔倒,她显然把巴德里误作余铁丹了。

巴德里见谷欣雨向自己奔跑过来,也呼喊着"女神,我的女神"飞奔上去。

谷欣雨奔跑上来扑到巴德里怀里。当她要亲吻时,突然认出眼前的人并非余铁丹,陡然惊愣:啊?(猛地推开巴德里)你,你是谁?

巴德里面对谷欣雨的感情变化,突然呆愣了,对谷欣雨的问话似乎没听清。

谷欣雨又问:你是谁?谁?

巴德里好像从梦中醒来,所答非所问地惊呼:女神,我的女神,终于见到你了!

他边说边伸出臂膀要拥抱谷欣雨。

谷欣雨:啊!你,你要干什么?

谷欣雨转身惊慌逃跑,巴德里忙追赶解释:不要怕,我不是坏人,我是外国留学生,不要怕……

谷欣雨却像受惊的小鹿一样只管往林外奔跑。

巴德里叫喊着,解释着,紧紧追赶……

15.胡杨林里(外　傍晚)

谷欣雨只管往林外奔跑。

她穿过树丛,越过沙沟,绕过雅丹地貌,在一条红土沟里奔跑。

巴德里边呼喊"停下,女神",边追赶,穿过树林、越过沙沟,绕过雅丹地貌,进入红土沟。

红土沟里,谷欣雨在前奔跑,巴德里在后追赶……

16.胡杨林旁(外　傍晚)

谷欣雨的红色小轿车孤零零地停在胡杨树林旁。

车上洒着淡淡的暮色。

谷欣雨跑出红土沟,向自己的小轿车跑去。

巴德里跑出红土沟,见谷欣雨乘车逃离,着急地叫喊:停下,不要怕,我不是坏人,我来找你,停下……

谷欣雨还是继续奔跑。

17.胡杨林里(外　日落前)

胡塞尔听到巴德里的呼喊,自言自语:看来这家伙真碰到飞天姑娘了……

　　他收起画板,背在肩上,向巴德里呼喊的地方跑去。

18.胡杨林旁(外　傍晚)

　　谷欣雨向轿车奔跑,巴德里叫喊着紧紧追赶。

　　胡塞尔走出树林,见真有个姑娘,也跟着巴德里追赶上去。

　　巴德里和胡塞尔追到车跟前,谷欣雨却打开车门钻进去,发动车忽地驶出去。

　　巴德里和胡塞尔忙叫喊:哎哎哎,停车停车!

　　回答他俩的是车轮扬起的沙尘。

　　他俩眼睁睁地望着谷欣雨驾车跑了。

　　巴德里埋怨胡塞尔:都怨你,也不早点过来帮帮忙,让她走了!

　　胡塞尔:我以为你说梦话哩!

　　巴德里:你才说梦话!——站着干什么?还不赶快追!

　　他向放自行车的地方跑去,胡塞尔摇了摇头,跟了上去。

19.胡杨林外(外　傍晚)

　　他俩跑到放自行车的地方。

巴德里骑车追赶上去,胡塞尔摇了摇头,上车跟了上去。

20.戈壁公路上(外 傍晚)

谷欣雨的小轿车驶上公路,向前行驶。

巴德里和胡塞尔蹬车拼命追赶。

谷欣雨从后视镜发现他俩追赶上来,猛加油,小车飞驰。

巴德里和胡塞尔尽管拼命蹬车,但转眼小轿车无影无踪,他们被甩了。

胡塞尔有点泄气:看看,眨眼就被她甩了! 天也黑了,怎么办?

巴德里:——追! 跑到天尽头,也要把她追上!

他继续拼命地蹬车,自行车飞驶。

胡塞尔摇摇头,无可奈何地跟上去。

21.月泉风景区(外 傍晚)

谷欣雨驾车来到月泉风景区门前。

她看看后视镜,见甩了巴德里和胡塞尔,长舒一口气,驶进风景区大门。

22.月泉风景区 艺术团院子(外 傍晚)

小轿车驶进艺术团院子停住。

谷欣雨慌慌张张下车,她头发凌乱,有点狼狈。

周淘淘正好从宿舍出来,见她神色慌张的样子,引起她的注意:欣雨!怎么啦?一下午不见人影,去了哪里?

谷欣雨:去了胡杨林……

周淘淘:(见她狼狈样子)怎么成了这样子?被坏人打劫了?

谷欣雨:差点!

周淘淘认真起来:真遇上歹人啦?

谷欣雨:在胡杨林碰到个外国人!把我吓坏了,转身就跑,他们在后面追赶,差点就逃不脱了!

余家辉从办公室出来,听到谷欣雨说的话,过来询问:什么?外国人?胆子太大了,大天白日的,打110,收拾他们!

他说着掏手机,谷欣雨阻止:不要,我看那外国人并没恶意,他在胡杨林里拍照……

周淘淘:那你怕啥?跟狼撵似的。

谷欣雨:天快黑了,静静的胡杨林里突然冒出个外国人,你说,我能不害怕?而且他看到我,叫喊着"女神,女神"什么的,就往前扑……

周淘淘玩笑地:男人都那德行,见个漂亮女人,就想追,就想抱!这都怨你长得太漂亮,招男人,惹麻烦!

谷欣雨:说什么呢!

余家辉:欣雨不要怕! ——有我! 还没吃饭吧? 我请客,到夜市上吃驴肉黄面,给你压压惊!

谷欣雨犹豫着没动。

周淘淘:站着干什么? 王子请你,多大的面子! 走吧,我给你当灯泡!

她拉谷欣雨向夜市走去,谷欣雨边走边向后望。

23.月泉景区街道(外　晚)

古老模样的街上灯光闪烁,流光溢彩。

街两旁是门店摊位,图书字画、文房四宝、地方特产、工艺品等,琳琅满目,应有尽有。

穿着光鲜的游客行人熙熙攘攘,谷欣雨和周淘淘在人群中穿行。

24.景区夜市(外　晚)

硕大的夜市摆满摊点,好像连片的彩色蘑菇。

烧烤、啤酒、凉皮、杏水、小炒等应有尽有,顾客满座。

周淘淘、谷欣雨和余家辉进入夜市,一个伙计招呼他们三个坐在摊桌前。

伙计:要点啥?

周淘淘看来是常客,顺口说:驴肉黄面,再来两个小菜!

伙计:好的,稍候!(转去拾掇饭菜)

另一个伙计吆喝着"又凉又甜又酸的杏皮水喽",把三杯杏皮水摆他们面前。

余家辉讨好地对谷欣雨:喝吧,在胡杨林跑了一下午肯定渴坏了!

周淘淘讥讽地:看看余家辉多会心疼欣雨,我都嫉妒了!

谷欣雨苦笑:别说了。

周淘淘:好!不说了!

周淘淘端起面前的杯子,拿起吸管狠吸起来。

谷欣雨却没有动,发着愣,似乎深陷在什么心绪中。

周淘淘:想什么呢?

谷欣雨:哦,没有……

谷欣雨端起杯子准备吸,忽然想起什么:淘淘,有件事我很奇怪。

周淘淘:什么?

谷欣雨:那个外国人很像……

周淘淘:像谁?

谷欣雨:铁丹……

周淘淘:是吗?

谷欣雨:……当时看到他,我恍惚间以为他是铁丹,就迎了上去,到跟前才发现他不是……

周淘淘:那是你思念铁丹出现了幻觉!

谷欣雨忧郁摇头:不,他真像铁丹。

余家辉听谷欣雨提起铁丹有点妒意:怎么又提铁丹?都是过去的事了……(忽然觉得不合适,忙观察谷欣雨的表情忙改口)哦,对不起,说吧,你们说吧!

谷欣雨突然默然不语了,望着眼前发呆。

周淘淘似乎受到感染,也停止啜吸,默不作声,望着谷欣雨。

25.月泉风景区停车场(外　晚)

巴德里和胡塞尔骑着自行车,来到停车场跟前。

巴德里脚点地停住,搜寻谷欣雨的身影;胡塞尔也停住,抬头搜寻。

胡塞尔:这么多人,上哪儿去找啊?她肯定回家了,我们回去,明天继续找!

巴德里:不,今天一定要找到她!要不,今晚我睡不安稳!

胡塞尔讥笑地:发什么烧啊?人家姑娘根本就不愿见你,要不,人家就不会逃跑,就不会甩掉你!

巴德里:不要啰唆!

巴德里推车向前走去,胡塞尔摇摇头又跟上去。

街区前面不远处,出现"景区夜市"几个彩灯大字。

巴德里:夜市! 我们进去看看!

巴德里跨上自行车,自顾自地向夜市冲去。

胡塞尔:这家伙打了鸡血!

他无奈地摇了摇头,蹬车跟上去。

26.景区夜市(外　晚)

热闹的夜市。

周淘淘望着心事重重的谷欣雨, 余家辉也望着谷欣雨。

周淘淘:欣雨,怎么啦?

谷欣雨默默摇头:……

周淘淘玩笑地:你都快成多愁善感的林黛玉了! 今天是不是对那个像铁丹的外国人产生了想法?

余家辉听此话忽然惊觉:是吗?

谷欣雨急忙:胡说!

周淘淘:看你都着急了! 呵呵呵!

谷欣雨严肃地:淘淘,不要开这样的玩笑!

余家辉:就是,欣雨怎么会看上外国人? 再说他大天白日追逐女人,肯定不是好东西!

谷欣雨看余家辉一眼,欲说什么,没说出口。

周淘淘反驳余家辉:怎么说话呢?

余家辉:不是吗?

周淘淘快嘴快舌地：你也追欣雨，也不是好东西？

她先咯咯大笑起来。

余家辉：我，我，你怎么这样比较，我追欣雨是……

余家辉准备反诘，谷欣雨忽然发现什么，惊叫：啊！他们追上来了！

周淘淘和余家辉向夜市门口看去，只见巴德里和胡塞尔在大门东张西望。

余家辉：欣雨，不要怕，我去收拾他们！

他忽地站起来迎上去，周淘淘也跟了上去。

谷欣雨忙阻拦：淘淘！淘淘！

谷欣雨没拦住，定在那儿，望着前去的余家辉和周淘淘。

27.夜市内（外　晚）

巴德里和胡塞尔在摊点间穿行，东张西望。

余家辉迎上去，堵住巴德里和胡塞尔：站住！

巴德里看着余家辉，不解地：你，你要干什么？

余家辉：我问你干什么？

巴德里：我们找人，找人……

余家辉：这里没有你要找的人！

巴德里：你怎么知道没有我要找的人？

周淘淘在旁边观察着巴德里,自语着:果然像铁丹,像,嗯像……

余家辉看巴德里真像铁丹,顿生妒火:我就知道没有你要找的人!(指着大门)走吧!你们走!走!

巴德里:让我们走?凭什么?

胡塞尔抢上前:凭什么?

余家辉:什么也不凭,让你们走,你们就走!

余家辉吓唬地挽着袖子。

胡塞尔:怎么?要跟我们打架啊?我俩可都是练过拳击的!

胡塞尔说着跃跃欲试,比画起来。

巴德里:不不,我们不打架,我们是文明人,来找人!

余家辉:我说过,这里没有你要找的人!

巴德里不理,四处观看,余家辉用身子挡着,不让他看到身后不远处的谷欣雨,而巴德里偏偏看到了谷欣雨,惊喜地叫起来:啊!女神,看见了,找到了,找到了……

胡塞尔也叫喊起来:就是她,就是她!

巴德里叫着"女神,女神"往前冲,胡塞尔跟着往前冲,余家辉伸出胳膊拦住不让。巴德里要拨开余家辉,余家辉不让,就这样他推你搡,纠缠在一起。

胡塞尔见他俩要斗殴,忙上前劝解:巴德里,不要闹,不要闹!

周淘淘也拉住余家辉:放手,放手!让他过来,不要无礼!

周围的游人顾客见此情景围上来, 哄哄嚷嚷起来。

"怎么啦? 怎么啦? "

"怎能这样对待外国游客? 太不像话! 太不像话! "

"……"

后面的谷欣雨, 见事态闹大了, 忙跑上前劝阻:

——都别闹了!

余家辉和巴德里见谷欣雨发话了,都放开了手。

围上来的游人和顾客也静了下来。

谷欣雨责备余家辉:能这样对待客人吗?

围观的人和顾客赞同说:对! 说得对!

余家辉对谷欣雨低声说:我这不是保护你吗?

谷欣雨不乐意地:谁让你保护我了?

余家辉自知无理,低下了头。

谷欣雨转向巴德里:朋友,能告诉我,您找我有事吗?

巴德里一直呆望着谷欣雨, 好像没听到谷欣雨的问话。

胡塞尔忙接上话茬说:我来告诉你! 是这样的,

我的朋友叫巴德里,是伊朗波斯人,他在北京舞蹈学院进修东方舞蹈艺术。我的朋友多年沉迷东方舞蹈艺术研究,当他从电视里看到欣雨姑娘表演的敦煌舞时,认为东方舞蹈艺术的精髓在敦煌,当即决定来敦煌,寻找他心目中的女神——飞天姑娘,还有,还有,就不说了。(让她嫁给他的话没说出口)

谷欣雨怔住了:哦……

周淘淘:原来是这样啊?(搂住谷欣雨,兴奋地蹦跳起来)欣雨——飞天姑娘,有人从遥远的外国慕名来寻找你——太有范儿了,太幸福了!

周淘淘在谷欣雨的脸上鸡啄米般地亲,谷欣雨则怔在那儿。

周淘淘:欣雨,欢迎巴德里呀!欢迎他们来敦煌寻找你这个女神啊!

谷欣雨仍怔着没有动。

周淘淘则大方地向巴德里伸出手:我代表飞天姑娘谷欣雨欢迎您!

巴德里好像忽然从梦中惊醒,握住周淘淘手:谢谢!谢谢!太感谢了!

胡塞尔争着跟周淘淘握了握手,介绍自己:我叫胡塞尔!是哈萨克斯坦人,我也是留学生,在画院进修绘画,我跟他来到敦煌,要在丝绸之路上寻找创作灵感!当然,还要找到一个心爱的敦煌姑娘!

周淘淘转向围观的游客和顾客：——欢迎外国朋友！欢迎！

围观的游人和顾客也齐声附和：

"欢迎外国朋友，欢迎欢迎！"

巴德里和胡塞尔抱拳，向围观的人群作揖。

"谢谢！谢谢！"

"谢谢！谢谢！"

余家辉见此情景，退出人群走了。

28.舞台内侧（内　日）

舞台内侧，身着波斯王子服饰的余家辉对身着飞天衣裙的谷欣雨、周淘淘等姑娘们讲说着：……今天是带装排练，请大家集中精力，全身心投入到角色里面……

台下的观众席上有十几个观摩者，巴德里和胡塞尔也坐在座位上。

舞台内侧的周淘淘边听余家辉讲话，边窥望着台下的巴德里和胡塞尔。

胡塞尔在画板上描画什么。

舞台内侧，余家辉仍对谷欣雨等演员讲说着：……要认真、要集中精力，全身心投入……

周淘淘不耐烦地：知道了，都说了好几遍，耳朵里都快磨出茧子了，好像我们思想不集中，都在胡思乱想什么。

余家辉:我看你就心不在焉,东张西望的。

周淘淘怼了上去:我看你心不在焉,胡思乱想!

余家辉苦笑一下:好了,不说了,——开始!

敦煌舞曲奏起。

舞台幕侧,扮作飞天女神的谷欣雨心神不安地来回走动。

周淘淘安慰地:欣雨,准备好,马上该你上场了!

谷欣雨手捂胸口,担忧不安的样子:我,我真怕那一刻又卡壳……

周淘淘:不要紧张,到时候什么都不要想,尽情抒发见到波斯王子的欣喜和激动心情就是了!

谷欣雨:可,可我……

周淘淘:——该你上了!

她将谷欣雨推了出去。

29.舞台上(内 日)

舞台背景上出现庭院画廊、楼台亭阁、小桥曲径、依依杨柳等。一队身着唐代衣裙的姑娘们,端着瓜果盘,随着音乐舞上。气氛喜庆热烈,迎接远方的客人。

谷欣雨飘飘欲仙,挥舞着彩带,出现在舞台上。

台下,观看者为之振奋。

巴德里激动地呼喊着"女神"站了起来，胡塞尔在画板快速地描画着。

飞天姑娘谷欣雨肢体妙曼，舞姿柔美，把渴盼恋人波斯王子的心情和喜悦，淋漓尽致地表现了出来。台下的观众陶醉在她的表演中，点头赞叹。

巴德里呆傻般地观看着，手脚随音乐动着。

幕侧的周淘淘点头称赞。

音乐渐渐变换为波斯情调。

周淘淘扮演的舞女欢舞上场，给飞天姑娘报告波斯王子到来的消息，飞天姑娘一听此消息激动万分，翘首盼望。扮作波斯王子的余家辉上场，看到盼望着他的飞天姑娘时情绪激动，欢舞会面，然而飞天姑娘与波斯王子相遇后，谷欣雨却情绪忽然变化，动作缓慢呆滞，跟不上节拍，整个节奏乱了！

扮演波斯王子的余家辉见此情景眉头紧蹙，气呼呼地向幕侧挥一手：停停！

音乐停了。

谷欣雨的表演也停了，舞女周淘淘也叹慌地停了。

巴德里不解地呆住了，不知发生了什么事。

胡塞尔也停住了画笔，呆呆地观望着台上。

那十几个观看排练的议论纷纷：

"欣雨怎么啦？怎么啦？"

"她的舞蹈功夫很深,跳得很好啊,怎么突然就跟不上趟了?"

余家辉气咻咻地:你怎么搞的?怎么又……(不知说什么)这舞蹈还排不排了?还演不演了?

谷欣雨:我,我我……

她愧疚地低下头,泪水在眼眶里旋转。

周淘淘忙圆场:不要责怪欣雨了,我们再来一次,从舞女上场前两节开始!

余家辉摇头叹着:唉!……

他边摇头边下。

周淘淘对幕侧的放音师说:从舞女上场前两节开始!

她也边说边下。

音乐又奏响了,舞女周淘淘欢舞上场,向谷欣雨报告王子到来的消息。

飞天姑娘听此消息,应该心情激动,欣喜欢舞,但这次的表演相比前次更不尽人意。波斯王子余家辉上场后,谷欣雨的情绪又忽然变化,跟不上节拍,整个剧情突然从高峰跌入低谷!

余家辉叫了声:——停!

扭身气呼呼地向台侧走去。

谷欣雨捂着嘴巴,哭泣着跑向台侧。

周淘淘呆在台上,伴舞姑娘们也呆在台上。

台下的十几个观众有点骚乱了。

巴德里从座位上蹦起来,向舞台跑去。

30.舞台侧(内 日)

周淘淘从台上走到幕侧。

巴德里跑到幕侧询问周淘淘:欣雨怎么啦?怎么每次到这里就卡壳?

周淘淘叹道:说来话长……

巴德里:到底发生了什么事?

周淘淘:以后你就知道了……(端详着巴德里,忽然想起什么)对,有了!(跑到旁边哭泣的谷欣雨跟前,拍着她的肩安慰)欣雨,不要哭了,我们再来!一次不行,两次三次,四次五次,总会迈过这个坎儿的!

谷欣雨担忧地:淘淘,我怕是迈不过这个坎儿了!

周淘淘拍着她的肩鼓励说:一定能迈过去的,要有信心!调整一下情绪,我让放音师放音乐。

谷欣雨抹抹眼睛,拢了拢头发,调整着情绪。

周淘淘向放音师发出信号:——从飞天姑娘上场前两节开始!

音乐奏响了,飞天姑娘谷欣雨飘飘上场……

余家辉坐在旁边的凳子上,垂着脑袋,一副沮丧灰心的样子。

周淘淘上前提醒:开始排练了!

余家辉灰心地:都排练了多少次,每到这里就卡壳,我都没有信心了!

周淘淘:不要灰心,我有办法,——跟我来!

她从凳子上拉起余家辉……

31.舞台上(内　日)

谷欣雨正在表演等待与恋人波斯王子相见的剧情。

陪舞姑娘广袖挥舒,竭力配合。

舞女周淘淘欢舞上场,向飞天姑娘谷欣雨报告王子到来的消息。飞天姑娘谷欣雨听此消息不由出现担忧之色,但竭力表现出欢欣喜悦。

台下观众和陪舞姑娘脸上也出现担忧之色。

这时,波斯王子情绪饱满,舞姿刚劲,欢舞上场了。

飞天姑娘谷欣雨与王子相见后,忽然一怔,因为扮演波斯王子的不是余家辉,而是她的真正恋人铁丹(其实是与铁丹相像的巴德里装扮的),她瞬间情绪高涨,神色喜悦,表演顺畅,即刻把剧情推向了高峰!

舞女周淘淘欣喜地长舒一口气。

站在幕侧的余家辉猛然怔住,好像当头闷棍击打。

台下,观看排练的人们显得异常激动。

胡塞尔赞美地点着头，快速地描画台上表演的飞天姑娘和波斯王子。

舞台上，飞天姑娘与波斯王子尽情舞蹈，抒发着恋人相见的喜悦和蜜意，最后热烈相拥相抱在一起，亮相！

台下，哗啦啦地响起掌声和喝彩声。

"好好好！"

有人发现波斯王子不是余家辉，低声议论着：

"波斯王子怎么不是余家辉，换演员了？"

"好像是铁丹？"

"不可能啊，不可能……"

胡塞尔描画着，忽然发现扮演波斯王子的是巴德里，激动地跳跃起来！

胡塞尔：巴德里，太棒了！太棒了！

他带着画板向舞台飞奔而去！

32.舞台侧（内　日）

周淘淘和姑娘们围着谷欣雨热烈议论排练成功。

"欣雨，这次排练太成功，太成功了！祝贺祝贺！"

"欣雨的表演非常到位，波斯王子的表演有新意！有创新！"

巴德里在旁边倾听大伙儿的评论，满脸的喜悦，他终于跟飞天姑娘拥抱了!

余家辉站在旁边,有点失意的样子。

有陪舞姑娘问谷欣雨:欣雨姐,这个波斯王子是从哪里冒出来的? 太像铁丹大哥了!

一提起铁丹,谷欣雨的情绪陡然变化,凄然地把脸转向旁边。

那个姑娘自知失口,忙闭上嘴。

大伙儿顿时鸦雀无声,一时冷场。

巴德里准备上前询问缘由,安慰谷欣雨。

胡塞尔大喊大叫"巴德里,巴德里"跑上舞台,见到巴德里竖起大拇指夸赞:太棒! 太棒了! 终于跟飞天姑娘拥抱在一起! 太幸福了!

巴德里打断他,低声提醒"不要说了"用下巴指了指神情悲戚的谷欣雨,胡塞尔觉察到什么,闭上了嘴巴。

谷欣雨凄然沉默半晌,默默向外走去。

巴德里、周淘淘、胡塞尔和姑娘们无声地望着默然离开的谷欣雨。

33.月泉湖畔　小径上(外　日)

周淘淘和巴德里、胡塞尔边走边交谈。

巴德里:淘淘,请告诉我,欣雨她到底怎么了? 那个铁丹又是谁? ……

周淘淘回忆着，慢慢停住脚步。

周淘淘：铁丹，是欣雨的未婚夫，是个非常优秀的小伙子，他跟欣雨毕业于西北大学艺术学院，天造地设的一对有情人，但老天不开眼，半年前铁丹患了胃癌，医院查出后就到了晚期……就这样，铁丹在病魔折磨中，在跟欣雨要死要活的相恋中死了！

巴德里和胡塞尔惊愕。

周淘淘：当时欣雨好像疯傻了，昏倒过去，三个月没起来，再后来好像傻了，时常嘴里念叨着铁丹，铁丹，脸上也看不到半点笑容，最近，她的精神刚刚有点好转……

巴德里叹道：哦，原来这样……

胡塞尔：看来她是个有情有义的好姑娘！

周淘淘点了点头，继续向前走。

巴德里和胡塞尔伴随着周淘淘，听她讲谷欣雨和铁丹的故事……

周淘淘：……铁丹一直在这个舞蹈里扮演波斯王子，欣雨一直扮演飞天姑娘，从舞台上的恋人，到生活中的恋人，到确定婚姻关系，他俩相亲相爱，走过了整整三年时间，也许他俩太相爱了，老天嫉妒他俩了……

三人默默向前走。

周淘淘：……铁丹离去后，这个舞蹈一直停演，最近才让余家辉顶替铁丹扮演波斯王子，可欣雨还深陷在失去铁丹的悲痛中，每每看到波斯王子，便触景生情想起铁丹，情绪突然变糟卡壳，今天的排练你都看到了，她也无法控制自己！

巴德里深深点头：……

胡塞尔：明白了！巴德里长得有点像铁丹，所以你就病急乱投医，让巴德里顶替余家辉上场试试……

周淘淘：你真聪敏！没想到乱点鸳鸯谱，竟然点中了！

胡塞尔：——这就是缘！

周淘淘：对！有缘千里来相会！(转向巴德里)巴德里你来了，我们的舞剧有救了，欣雨也有救了！我是艺术团艺术主管，我想把你留下来，扮演波斯王子。

巴德里似不相信：真的吗？

周淘淘：真的。

巴德里激动地跳起来：太好了！太好了！

胡塞尔：——你的梦想就要实现了！祝贺祝贺！

两人相拥，欢蹦起来。

周淘淘望着欢蹦的巴德里和胡塞尔笑了。

胡塞尔放开巴德里，转向周淘淘：主管同志，那我呢？

周淘淘：你？

胡塞尔：我跟巴德里一块儿来这里，留他不留我,我太没面子了!

周淘淘:想留下?

胡塞尔:是啊!

周淘淘:你的强项是……

胡塞尔:美术!(把画板送到周淘淘面前)请看!

周淘淘接过画板，内有刚才在剧院描画的舞台背景、波斯王子、飞天姑娘神和舞女等。

周淘淘观赏着画,目光停留在一个舞女身上。

周淘淘:这个小人人是……

胡塞尔:——你呀!

周淘淘:我? 我有这么漂亮?

胡塞尔:你比画上更漂亮!

周淘淘羞赧地:胡说!(把画板还给胡塞尔,转身要走)

胡塞尔:哎,主管同志! 到底留不留我?

周淘淘停住,认真问:让你这个大画家做舞台美工,是不是有点大材小用?

胡塞尔欢蹦起来:哇! 太好了! 谢谢主管大人!

胡塞尔说着欲拥抱周淘淘,周淘淘慌忙推开他:胡塞尔,这是中国……

胡塞尔:哦……

周淘淘:好了,你俩聊着,我回团里去了!

周淘淘向艺术团走去。

巴德里和胡塞尔望着她远去,忽然转身,相拥欢蹦起来!

"哇——太棒了!太棒了!"

"哇——太棒了!太棒了!"

34.月泉湖畔小径(外　日)

巴德里边走边思考着什么,胡塞尔仍激动地欢蹦乱跳。

巴德里见此情景嫉妒地:没想到你小子真能耐,见面就有戏了!

胡塞尔:你不也有戏了?还跟飞天姑娘拥抱在一起!

巴德里:那是在舞台上,她把我误认为铁丹了,现在回到了现实中……

胡塞尔:不要担心!你的梦想一定会实现!我有预感,我们的梦想都会在敦煌实现的!——快去追你的飞天女神吧!

35.月泉湖畔　柳树林(外　昏黄)

谷欣雨神情穆然,默默向前移动,走进湖畔的柳树林停住,呆望湖面,一对鸳鸯在湖面上自由游弋。

她眼前渐渐幻化出跟余铁丹在一起的情景……

（闪回）

草地上,谷欣雨正在踢腿练功,一个俊美的小伙子,从后面伸手蒙住她的眼睛,谷欣雨知道是谁,激动地叫起来:铁丹,铁丹! 你回来了?

余铁丹放开手:回来了!

谷欣雨兴奋地:怎么样? 好吗?

余铁丹:好! 好!

谷欣雨:收获大吗?

余铁丹:太大了! 每天随着旅游团在莫高窟洞窟里参观,听讲解员讲解,听壁画故事,还去了月牙泉、阳关……那些舞蹈艺术壁画,真是会说话的墙,让我从中汲取了很多艺术养分,我突然感觉自己飞起来了!

谷欣雨:看来你这十几天收获不小!

余铁丹忽然停住脚步,盯着谷欣雨。

谷欣雨:怎么啦?

余铁丹:我离开艺术团没有十几天呀……

谷欣雨忽然感觉到什么,脸色一下红了。

余铁丹已感觉到什么,用眼睛审问她:想我了?

谷欣雨调皮地:想得美!

她羞涩地沿着湖畔曲径向前走去。

余铁丹快步追上去。

36.烽火台(外　昏黄)

空旷的戈壁,一座烽火台披着灿烂的夕阳。

谷欣雨顺戈壁小路跑到烽火台下, 余铁丹追上去,从后面轻轻抓住她的肩,扳转过来,仍盯着她。

谷欣雨羞涩地低下头。

余铁丹:欣雨,抬起头!

谷欣雨慢慢抬起头,脸色红润羞涩。

余铁丹盯着她的眼睛:说实话?

谷欣雨深情地望着他点了点头。

余铁丹:欣雨,我也想你,真的! 离开团才五天,我感觉有五年了!

谷欣雨含情脉脉望着他。

余铁丹也含情脉脉望着谷欣雨。

谷欣雨幸福地闭上眼睛, 热切渴望等待着亲吻……

(闪回现实)

柳树林里。

谷欣雨幸福地闭着眼睛,热切渴望等待着亲吻。

巴德里和胡塞尔来到柳树林。胡塞尔见谷欣雨沉醉的样子,示意巴德里过去,自己悄悄离开。

巴德里轻轻走到谷欣雨面前,迟疑一下,伸出嘴巴,向陶醉的谷欣雨贴近,将要亲吻时,好像想起什么,忽然停住,用燃烧着火的目光望着谷欣雨。

谷欣雨仍闭着眼睛,沉醉在焦灼的等待中,嘴里喃喃着:亲爱的,亲我亲我,抱我,抱抱亲亲……

巴德里终于忍耐不住,伸出臂膀抱住谷欣雨狂吻起来,谷欣雨迎合着,疯狂亲吻,娇喘呻吟!

旁边,躲在树后的胡塞尔见此情景,竖起大拇指,无声赞美!

巴德里紧搂着谷欣雨,疯狂亲吻,嘴里呻吟着:女神,我的女神,女神!

谷欣雨听到呼喊,睁开眼睛,见眼前的人不是铁丹,愣惊大叫:啊?! 是你! 你你,巴德里——走开!

她推开他向艺术团跑了。

巴德里向后趔趄几步,叫喊着:欣雨,欣雨……

旁边的树丛里,胡塞尔见此情景从树丛中跑过来:怎么啦?

巴德里摇着头叹道:完了,我闯大祸了!

胡塞尔:发生了什么事?

巴德里沮丧地:我,我吻了她,她发火了,这可怎么办?

胡塞尔:赶紧去向她道歉啊!

巴德里沮丧地:嗯嗯……

巴德里去找谷欣雨。

胡塞尔摇了摇头,表示不解。

37.艺术团院子(外　日)

　　谷欣雨跑进艺术团大门,穿过院子向办公室跑去。

38.艺术团办公室(内　日)

　　周淘淘和余家辉正在谈论调整舞蹈角色的事。

　　谷欣雨推门跑进来,趴在办公桌上把脸埋在胳膊弯里低泣。

　　周淘淘和余家辉惊异。

　　周淘淘:欣雨怎么啦?

　　谷欣雨不回应,也不抬头。

　　周淘淘走上前询问:到底怎么啦?

　　谷欣雨仍不应,也不抬头。

　　余家辉站起来,气哼哼地:一定是那个巴德里占了她便宜!这个外国人一直对欣雨没安好心,(对周淘淘)你还聘请他顶替我,这是引狼入室!——让他滚!

　　周淘淘:先不要说这些话,等把事情搞清楚再说。

39.艺术团院子(外　日)

　　巴德里慌慌忙忙跑进艺术团大门,穿过院子向办公室跑去。

40.艺术团办公室(内　日)

周淘淘和余家辉继续询问。

巴德里推开办公室门,看到谷欣雨趴在桌上埋头低泣,跑过去:欣雨,我,我对不起你,我向你道歉……

余家辉冲上去,抓住巴德里的衣服:你把欣雨怎么了?怎么了?——说!

巴德里老实地:我,我强吻了欣雨,强抱了她,……

余家辉暴跳起来:什么?你吻了她?!强暴了她?!

巴德里听余家辉误会了,赶紧解释:不不不,不是,不是……

余家辉不等巴德里说完话,冲巴德里的下巴狠打一拳。

巴德里踉跄后退几步,险些栽倒,嘴角鲜血直流。

余家辉:臭流氓!揍扁你!

余家辉冲上去又抓住巴德里的衣服要狠狠打击,周淘淘着急了,忙阻止:不能胡来!(抓住余家辉的手)你真浑,怎么打人?放手!

余家辉抓住巴德里的衣服不放,挣扎着要打巴德里,周淘淘竭力阻拦,但没有拦住,余家辉一拳又打在巴德里额头上。

巴德里额上即刻鲜血直流,但自知理亏,两手垂着,毫不还手。

余家辉仍向巴德里冲扑着,谷欣雨见此情景,起身阻止:——住手!

余家辉似乎发疯了,根本不听劝,仍向巴德里冲扑着。

谷欣雨上前拉开余家辉,用身体护住巴德里,抓着余家辉的手:——来!打我!打我!打吧!

余家辉见谷欣雨护着巴德里,举起的拳头停在半空:你,你你你……他是流氓,他强暴了你,占你便宜,你怎么还护着他?

谷欣雨:不关你的事!

余家辉愣怔:你?!

胡塞尔跑进门,见余家辉提着拳头,巴德里满脸是血,气愤惊叫:啊?怎么把人打成这样??报警!打110报警!

他掏出手机摁号……

41.景区派出所大门(外　日)

一辆小面包鸣着警笛驶出大门……

42.景区卫生所治疗室(内　日)

护士正给巴德里包扎、擦洗伤口,谷欣雨、周淘淘和胡塞尔守在旁边。

谷欣雨神情愧疚,周淘淘脸堆无奈,胡塞尔满脸愤怒,喋喋不休地嚷着:把人打成了这样,打成了这样……

巴德里:少说两句行不行?

胡塞尔:你被他打成这样,我气难平!

巴德里:这是我自找的。

护士打断:不要说话,正在治疗!

巴德里闭上了嘴,胡塞尔也闭上嘴,但仍很气愤的样子。

护士给巴德里包扎好伤口,把几小包药给巴德里:都是消炎、化瘀、止痛的药,按时服用,卧床休息,防止感染!

巴德里点着头:Thank you!(谢谢)

巴德里起身往外走,谷欣雨、周淘淘和胡塞尔陪着向外走去。

43.月泉小镇街道(外　傍晚)

一条古色古香的泥墙小街。

巴德里在谷欣雨、周淘淘和胡塞尔陪护下从街上向客栈走去。

44.巴德里的住房(内　住房)

巴德里请谷欣雨、周淘淘进屋,坐在客厅的沙发上。

胡塞尔跑进卧室整理床铺。

巴德里见胡塞尔去了卧室,吆喝:钻到卧室干什么? 帮我给客人煮两杯咖啡!

胡塞尔:稍等,我正整理铺床……

胡塞尔从卧室出来。

胡塞尔:医生不是让你卧床休息吗? ——床铺我替你整理好了,请吧!

他做了个请的手势,巴德里却站着没动。

周淘淘:去吧,要卧床休息,防止伤口感染恶化!

巴德里笑了笑:没有那么玄乎, 我又不是泥捏的!

谷欣雨嗔怪地:听话!

巴德里见谷欣雨发话了,乖乖向卧室走去。

胡塞尔意味深长地:嗯,还是欣雨说话管用!

谷欣雨扶巴德里走进卧室。

胡塞尔见他俩走进卧室,欣喜地打了个榧子:有戏了!

他转身拉起周淘淘的手悄悄往外走。

周淘淘不解地:你,你要干啥?

胡塞尔忙把食指竖在嘴角上,示意她不要说话,拉周淘淘向外走。

45.客栈　住房门前(外　傍晚)

胡塞尔把周淘淘拉出门,才回答周淘淘。

胡塞尔:让他俩说说悄悄话。

周淘淘:哦……

胡塞尔:我俩也该说说悄悄话。

周淘淘:啥? 我俩也……说什么?

胡塞尔:工作、学习、理想、青春、恋爱,还想谈谈中国梦! 走,到那面的凉亭去!

胡塞尔不管周淘淘同意不同意,拉起她的手向凉亭奔跑。

46.凉亭下(外　傍晚)

凉亭里有供人坐的栏凳,四周是花草树木。

月上柳梢头,花草树木涂着淡淡的月光,如烟似雾,宁静而诗意。

胡塞尔牵着周淘淘的手来到凉亭下, 观赏优美的环境,诗兴大发。

胡塞尔:疏柳含烟,花前月下,太美了! (做了个请的动作)亲爱的,请坐!

周淘淘急了:什么,什么? 你说什么? 谁是你的亲爱的?

胡塞尔:淘淘姑娘啊!

周淘淘:我?

胡塞尔:不是吗?

周淘淘郑重其事地:不要开这样的玩笑,这可不是开玩笑的事!

胡塞尔:我没有开玩笑!真的!巴德里从北京来敦煌寻找他的敦煌梦,我从北京来敦煌,也要在古老的丝绸之路上寻找灵感,寻找商机,寻找我喜欢的敦煌姑娘!(从内衣口袋里掏出一支玫瑰花)——胡塞尔正式向淘淘姑娘求婚!

他高举玫瑰花,扑腾单腿跪地。

周淘淘感到太突然,"呀!"地叫了一声,转身顺着园里的小径奔逃。

胡塞尔起身叫喊着"淘淘,淘淘"追赶。

周淘淘穿过花丛、树丛,向前奔跑。

胡塞尔穿过花丛、树丛,向前追赶!

周淘淘跑进一片沙滩,胡塞尔追上去,抱住她,双双倒在沙滩上……

47.客栈卧室里(内　傍晚)

巴德里躺在床上,谷欣雨坐在床旁,两人无言相视着。

巴德里歉疚地:欣雨,我,我对不起你,侵犯了你……

谷欣雨忙说:不不,是我对不起你,让你吃了这么大的苦头。

她抬手抚着巴德里包裹着纱布的额头。

巴德里坐起来,抓住谷欣雨的手解释:我,我当时真忍不住,就吻了……

谷欣雨:我明白……

巴德里:我真浑,真浑!(用拳头擂着胸脯)

谷欣雨:不要责备了,已经过去了,就让它过去吧!

巴德里:欣雨,我真心爱你,真的,真心的!你是我心中的女神,女神!

巴德里紧紧抓住谷欣雨的手,谷欣雨想挣脱,却不怎么坚决。

巴德里:我知道你心里一直装着铁丹,装着那份真情,但我会等你,等你考虑成熟的那天,等到你同意嫁给我的那天!……

一提铁丹,谷欣雨好像猛然惊醒,挣脱巴德里抓着的手,站起来准备出去。

巴德里急了:欣雨,不要走,不要……

谷欣雨似乎觉得这样有点无情无义,停住了。

巴德里:请原谅我的唐突,惹你不高兴。

谷欣雨:哦,这,没事……

巴德里:好了,坐吧!我不提那事了!

谷欣雨:天已经黑了,我也该回去了,不打扰你休息了。

巴德里:可,不知余家辉现在怎么样？天黑了……

谷欣雨:可能还在派出所。

巴德里:胡塞尔这个浑球,随便就报警,搞得纷纷扬扬,让警察把他带走了!

谷欣雨:余家辉现在动不动就上拳头,也该让他接受点教训!

巴德里:应该理解他现在的心情。舞台上的角色让别人顶替了,深爱的姑娘还会被情敌夺走,不动火,不动拳头,不是男人! 要是我,也会动拳头的! 不过,那是野蛮之举,不可取!

谷欣雨欣赏地点头:……

巴德里:好了,不说了,我们赶快去派出所把他弄出来,剩下的事以后说。

巴德里边说边下床穿鞋,谷欣雨阻拦:你有伤! 我和淘淘去就可以了!

巴德里:没事,没事!

48.客厅(内　晚)

巴德里和谷欣雨走进客厅,客厅里阒无一人,不由一怔。

谷欣雨:他们人呢?

巴德里清楚他俩的去向,道:这个胡塞尔啊!

谷欣雨也觉察到什么了,自语:这个周淘淘啊!

巴德里:我们走吧!

两人向外走去。

49.客栈　住房门前(外　晚)

巴德里和谷欣雨出门。

谷欣雨望着月光朦胧的月泉园区,准备呼叫周淘淘:淘……

巴德里忙阻止:别别别!

谷欣雨不解地望着他。

巴德里:这么美好的月光,这么幽静的家园,人家正演绎热恋故事,这时候要是打扰他们,他们会记恨咱俩一辈子! 走吧!

他俩沿小街往前走去。

50.景区派出所办公室(内　晚)

巴德里和谷欣雨给派出所所长陈述情况。

所长:……真是这样?

巴德里:真的,真的! ……余家辉跟我闹着玩,失手打伤了我,我的朋友不知道情况,便报了警,他不是故意的,也不是打架斗殴,更不是行凶什么的,真的!

所长转向谷欣雨:欣雨,当时你在场,他说的是事实吗?

　　谷欣雨迟疑地:哦……

　　谷欣雨望着巴德里,巴德里忙递话:当时你是看到我们闹着玩的!

　　他边说边用目光示意谷欣雨说话。

　　谷欣雨向所长点了点头:是,是……他俩当时真闹着玩……

　　所长:哦,如果是这样,我们就可以放他回去了!

　　巴德里致谢:Thank you! 太感谢了!太感谢了!

　　所长:你们等着!

　　所长去了隔壁房间。

51.隔壁房间(内　晚)

　　余家辉垂着脑袋坐在桌旁。

　　所长进入,对他说:余家辉啊,以后闹着玩要注意,不要动不动就挥拳头伤人,对外国游客更要讲文明,讲礼貌!

　　余家辉:嗯。

　　所长:你可以走了!

　　余家辉一怔:可以走了?

　　所长:那个巴德里和谷欣雨过来把事情说清楚了,你们是闹着玩,你失手打伤了他!

　　余家辉愣怔着,似不相信。

所长见他不动,笑着说:怎么？想在这里过夜?

余家辉忽地站起来,向外走去。

52.景区派出所办公室(内　晚)

巴德里和谷欣雨等在办公室。

余家辉从隔壁门里出来，谷欣雨和巴德里异口同声打招呼。

"家辉！"

"家辉！"

余家辉没有回应,走到巴德里面前停住,低声而狠狠地说:虽然你撒谎让我出来了,但我们的事没完!

余家辉说完扬长而去,巴德里怔在那儿。

谷欣雨疑问地望着巴德里。

所长从隔壁出来。

所长:人你们领走了。(指着桌上的文件)你们在这上面签个字。

谷欣雨拿起笔,签上了名字。

所长收起文件:好了。

谷欣雨握手:谢谢所长!

巴德里握手:Thank you! 太感谢了! 太感谢了!

53.派出所　马路上(外　晚)

所长陪送巴德里和谷欣雨出门。

巴德里和谷欣雨向所长道别。

"再见,再见!"

所长:再见,再见!

54.街路上(外 晚)

巴德里和谷欣雨双双往回走。

谷欣雨:余家辉刚才给你说了什么?

巴德里:哦,没,没说什么呀。

谷欣雨:你撒谎!

谷欣雨不高兴地独自往前走去,巴德里忙赶上去解释:不是我撒谎,因为,因为……

谷欣雨停住,盯着巴德里:因为什么?

巴德里:因为……这是我俩的事……

谷欣雨:仅仅是你俩?

巴德里:还,还有……好吧,我告诉你余家辉说了什么……

谷欣雨:不说了,我已经猜到了。

巴德里:哦……

谷欣雨郑重地:我希望今后不要再发生这样的无聊事!

巴德里:我保证!

两人继续往前走。

谷欣雨默默朝前走着,忽然停住,严肃地说:

……感情上的事,等把《丝路彩虹》排练成功,演出走向正常后再说好吗?

巴德里迟疑一下:我,我向毛主席保证!(举起拳头宣誓的样子)

谷欣雨咯咯笑起来:真逗……

巴德里呆望着谷欣雨微笑的样子。

谷欣雨迷惑地:怎么啦?

巴德里:你笑起来真美!多少天来,我第一次看到你的笑容,真美!真想拥抱你……

巴德里说着准备拥抱,谷欣雨忙提醒:巴德里,这是中国,又在街上……

巴德里摇了摇头,失望地放下臂膀。

55.小街路对面小酒馆(外 晚)

透过临街的玻璃窗,可以看到余家辉独自坐在餐桌前喝酒。

他无意间转脸看到街对面行走的谷欣雨和巴德里,忽然妒火上升,拿起面前的酒瓶准备冲出去,但想了想,慢慢坐下,举起酒瓶朝嘴里灌,但瓶子是空的,随手扔下酒瓶,吆喝吧台:拿酒来!

服务生见他喝多了,犹豫不动。

余家辉大喊大叫:怕我不给钱怎么的?——拿酒来!

他用空酒瓶敲打着餐桌。

服务生只好端酒过来,他抓起酒瓶咬开盖子,扬起来咕嘟咕嘟往下灌!

服务生见他发疯喝酒,忙跑过去,抓住他的手劝阻:余大哥,不要喝了,你喝多了……

余家辉:去去去,我会给你钱的,不欠你们的!(从兜里掏出100元,拍在桌上)够了吧?还不走站着干啥?走走!

余家辉把服务生拨过去,又举起酒瓶往嘴里灌,接着站起来边喝边摇晃着往外走。服务生忙上前扶住他:大哥,你喝多了,去哪里?我送送你!

余家辉:去去,不要你管!

他拨过服务生,跌跌跄跄出门,向艺术团走去。

56.艺术团院子　谷欣雨宿舍门前(外　晚)

余家辉跌跌跄跄进了院门,叫喊着"谷欣雨",向谷欣雨宿舍走去。

谷欣雨宿舍窗里亮着灯光,余家辉到谷欣雨宿舍门前边敲门边叫喊:欣雨开门!谷欣雨开门!开门开门!

57.谷欣雨宿舍(内　晚)

谷欣雨正洗漱,听到敲门声,忙整理好衣服,准备开门,从猫眼里看是醉醺醺的余家辉,知道他来闹事,停住了。

58.宿舍门前(外　晚)

余家辉见不开门,狠劲敲门,大声叫喊:谷欣雨!我知道你在里面,开门!开门!——开门!

59.谷欣雨宿舍(内　晚)

谷欣雨见他不依不饶叫喊敲门,无法忍耐了:不要闹了!

外面,余家辉:你终于说话了,开门!我有几句话要问你!

屋内,谷欣雨:有啥事明天再说,都大半夜了。

60.宿舍门前(外　晚)

余家辉:不!今晚我非要见你,非要问问你!开门!开门!

他边说边狠劲地敲门。

61.谷欣雨宿舍(内　晚)

谷欣雨气恼地:余家辉,你到底要干什么?

外面,余家辉:就问你几句话!

谷欣雨:你说。

外面,余家辉:你先开门,不开门让我怎么说?

谷欣雨火了:余家辉,你要说就说,不说就走人!
——我要睡觉!

她随手拉灭电灯。

62.宿舍门前(外 晚)

余家辉见里面黑了,拉着哭腔哀求。

余家辉:欣雨,难道你就这样无情无义? 连见你一面都不行? 难道那个外国人就那么好? 他就迷住了你的心,死心塌地跟他好?

63.谷欣雨宿舍(内 晚)

谷欣雨听着,气恼而无奈,欲爆发。

64.谷欣雨宿舍门前(外 晚)

周淘淘从外面回来,见余家辉闹事,跑过来。

周淘淘:余家辉,你胡闹啥?

余家辉见是周淘淘嘲讽地:你? 你们把我弄到派出所,很高兴吧?

周淘淘:自找的!

余家辉:我自找的? 你们跟那两个外国佬合起来整我,现在你们很高兴,很快活吧?

周淘淘:胡说什么? 喝点猫尿来这里撒什么野?

回去！快滚！

余家辉：滚？这是艺术团，不是你那外国男人的游乐场，凭什么让我滚，你应该滚，跟那个外国男人去钻树林、滚草地……

周淘淘突然恼了：余家辉，你，你你！我就跟那个外国男人钻树林、滚草地了，怎么了？他是未婚男子，我是未婚姑娘，我喜欢，我乐意，犯了哪条哪款了？！

余家辉：你们给国人丢脸，无耻，不要脸！你们没有一个好东西！

周淘淘暴跳起来：你，你敢骂人？老娘我饶不了你！

周淘淘扬起巴掌狠狠朝余家辉脸上扇去，但有人接住了她的手，是谷欣雨开门出来，抓住了周淘淘的手。

谷欣雨：——淘淘！

周淘淘：撒酒疯，恶意伤人，欠揍！

谷欣雨：不要犯浑。

周淘淘：不要护着他，这些日子他出口就伤人，动手就打人，不好好管教管教，他不长记性！

谷欣雨：他喝醉了，计较什么？

周淘淘：哼！

周淘淘扭过身去，很不乐意。

余家辉见谷欣雨出现了，上前叫着：你终于露面了……

谷欣雨：说吧，有啥事？

余家辉：我问你，你跟那个外国人什么关系？

谷欣雨：关系？这话怎么说？

余家辉：……他强暴你，强亲你，我揍他，你却护着他，为他说话，今晚双双去派出所，又亲情热热逛大街，这还不够吗？

谷欣雨：好，我告诉你，巴德里、胡塞尔都是外国游客，是朋友，我们应该友好相处，以诚相待，像你这样拳头相见，那是狭隘，自私，野蛮！再说明一点，我跟巴德里和胡塞尔的关系，跟你和淘淘一样，都是工作关系！

余家辉：假话！全是假话！我不信！

谷欣雨：信不信由你！

周淘淘：不跟他啰唆了，走，回去睡觉！

周淘淘要拉谷欣雨进屋，余家辉急了，追上前拉住谷欣雨：你知道吗？我喜欢你，我爱你啊！我不能眼睁睁地看着你被那个外国人抢走！

周淘淘：余家辉，这你就管不着了！这是我们的自由，喜欢谁，就跟谁，爱谁就跟谁！你有本事就把欣雨夺回来，没本事就趁早拜拜！（拉谷欣雨）走吧！

余家辉：欣雨……你，你就这样绝情义？难道你一点都不喜欢我吗？

谷欣雨郑重地:家辉,我实话告诉你,在今天以前我对你还是有好感的,可看到你最近动手打人,又酗酒闹事,让人失望!

周淘淘:哪像个男人? 欣雨,咱们走! 不理他!

周淘淘硬拉谷欣雨朝屋里走去。

余家辉失望地:欣雨……

谷欣雨回头见余家辉醉醺醺的,有点不忍心,对周淘淘说:我们送送他吧!

谷欣雨转身上前搀扶余家辉,周淘淘"哼"一声,很不乐意地跟着搀扶他。

谷欣雨和周淘淘搀扶余家辉向他的宿舍走去。

65.舞台上(内 傍晚)

艺术团又在舞台上排练《丝路彩虹》。

已经进行到最后的场面:飞天姑娘(谷欣雨)和波斯王子(巴德里)相见拥抱,音乐拖着悠扬的尾声渐渐停止。

排练结束了,演员们都围在周淘淘跟前等待总结。

周淘淘拿着资料,高兴地说:今晚的排练很成功,特别是波斯王子的扮演者巴德里表现出色,大家鼓掌祝贺!

大家鼓掌。

周淘淘最后说:……感谢大家的齐心努力!下去后大家各自再琢磨琢磨动作表情,多练习练习,争取更完美!(转向旁边的谷欣雨)欣雨,有说的吗?

谷欣雨正在思考什么,听到周淘淘的问话,忙摇头回答:没有!

周淘淘又问巴德里:巴德里……

巴德里:等想好再谈吧!

余家辉坐在观众席里,周淘淘欲问他有什么意见,他却不理不睬起身无声出走,周淘淘皱了皱眉头,对大伙儿说:收工,收工回家!

大家熙熙攘攘,说说笑笑散去。

胡塞尔坐在台下描画什么,周淘淘下台到他跟前:哎,收工了!

胡塞尔抬起头,"哦,哦"着起身收拾东西。

台侧,谷欣雨对正在收拾服装的巴德里说:走了!

巴德里:好!

66.客栈前的街道(外　傍晚)

巴德里和谷欣雨并肩向回走着,交谈着。

谷欣雨:……《丝路彩虹》这个舞蹈,我们团已经演出两年近百场,虽然观众反响不错,但我琢磨着还需要进一步修改创新,从古装圈子里跳出来,增加现代元素,达到更高的艺术效果,比如说增加神舟飞船内容……

巴德里:太对了!这些天我观看了这个剧的排练,也产生了一点想法。

谷欣雨兴趣大增:说说看!说说看!

巴德里:我想,波斯王子和飞天姑娘相见团圆后,可以不可以来个大穿越,从唐朝穿越到现代,飞天姑娘和波斯王子乘坐神舟飞船,从古丝绸之路上的敦煌起飞,遨游宇宙,飘洒花雨,在全球架起友谊的桥梁!

谷欣雨蹦跳起来:哇!太好了,太好了!(描绘着舞蹈情景)波斯王子和飞天姑娘乘坐神舟飞船,沿着天空出现的彩虹飞翔,挥洒梦幻般的花雨,太美了,太美了!

巴德里:欣雨,你已经把剧情舞美都设计出来了啊?蓝色的天空,美丽的彩虹,丝带飘飘的神舟飞船,沿着彩虹飘飞,波斯王子和飞天姑娘挥洒花雨,太美妙了,太美妙了!

他闭上眼睛,陶醉在自己描绘的剧情中。

谷欣雨也陶醉在剧情中:巴德里,明天我们去莫高窟、月牙泉、阳关和航天城参观学习,回来后,一起创编剧情动作,设计舞台布景!

巴德里:遵命!

谷欣雨和巴德里说说笑笑、唱唱跳跳向客栈走去。

67.小街 林荫小道(外 傍晚)

周淘淘和胡塞尔牵着手在林荫小道卿卿我我向住房行走。

周淘淘看到谷欣雨和巴德里唱唱笑笑,手舞足蹈的样子忽然愣怔:哎!奇了怪了!大半年都不见欣雨脸上有笑容,今晚她怎么忽然又说又笑,又蹦又跳?

胡塞尔摇头晃脑,自鸣得意地:这就是爱情的魔力!

周淘淘:胡说!欣雨聪慧含蓄,不像你尝到点甜头,就高兴得不知道姓什么!走,过去看看!

她朝前走去,胡塞尔紧跟上去。

68.小街客栈 巴德里住房前(外 晚)

小街上,谷欣雨和巴德里唱唱说说,手舞足蹈往前走。

周淘淘和胡塞尔突然出现在他俩面前。

周淘淘:欣雨,看你笑得多甜!领到什么喜帖了?

胡塞尔:那是喝了爱情美酒,醉了!——巴德里真有你的!

胡塞尔向巴德里伸出拇指,巴德里拨过他:去去去,没正经!

谷欣雨:告诉你俩,巴德里有个非常好的舞蹈创意,要让《丝路彩虹》插上神舟飞船的翅膀,作为连接全球的友谊彩虹!

周淘淘:插上神舟飞船的翅膀?

胡塞尔:这不是把古代的飞天梦变成现代神舟飞船了吗?

谷欣雨:是!

胡塞尔和周淘淘跳起来:哇! 这个创意太好了! 太美妙了!

胡塞尔:——巴德里真有你的!

巴德里:不不不,这是欣雨早就构思的创意,我只不过加工完善了一下!

胡塞尔有所意味地:那就是你俩完美结合的创意?

巴德里:不要瞎搅和,欣雨还有正经事儿!

胡塞尔闭上了嘴。

谷欣雨:淘淘,明天我们一起去莫高窟、月牙泉和航天城参观学习,汲取艺术精华,回来后立即创编设计剧情动作,实现我们的敦煌梦!

胡塞尔:太棒了!

"哇塞! ——"

大家激动地蹦跳起来!

69.艺术团院子(外　晨)

一红一蓝两辆小轿车停在院子里。

谷欣雨、周淘淘和巴德里、胡塞尔穿着便装,戴着遮阳帽,带着照相机,在车前嬉笑吆喝,准备出发。

透过办公室玻璃窗,可以看到余家辉坐在办公桌前,望着院子里的谷欣雨、周淘淘和巴德里、胡塞尔,端起茶杯咕嘟咕嘟地喝水,似在平息胸中的妒火忧愤。

院子里,周淘淘吆喝着"上车上车,走了走了"。

大家准备上车,巴德里过去对周淘淘低声说:让家辉也一起去吧!

周淘淘快嘴快舌地:他去做什么,尽找麻烦!

巴德里:他的艺术感觉和舞蹈功夫都不错,创编舞蹈,需要集思广益,多一个人,多一分力量!

周淘淘用征求意见的目光望着谷欣雨。

谷欣雨:我已经通知他了,我再去说说吧!

谷欣雨前去通知余家辉。

周淘淘嘟哝着:什么大神? 让人请?

70.艺术团办公室(内　晨)

谷欣雨走进办公室。

谷欣雨:家辉,赶紧收拾收拾走吧,大家都在等你!

余家辉似没听到,一声不吭,继续喝水。

谷欣雨:——听到没有?

余家辉:那两个外国人去,我就不去!

谷欣雨:余家辉,你能不能爷们点?

余家辉"咚"地把水杯拍到桌上。

余家辉:我看不惯他们!

谷欣雨:他们怎么了?他俩很关心咱们团的艺术创作,巴德里的创意非常好!再说,前两天你把人家打伤,人家不但不计较,还原谅了你,今天让你去参观学习,又是人家提出来的,他哪点做得不够好?

余家辉:哼,他是在这里露脸给你看,踩着我的肩膀上算什么玩意儿?

谷欣雨:人家的舞蹈造诣,创新意识都不比你差,而且身上带着波斯人的艺术特质,如果敦煌舞蹈与波斯舞蹈艺术完美结合,那会是啥样你不会不知道!好了,去不去由你吧!

谷欣雨扭头出门。

余家辉怔在那儿。

71.艺术团院子(外　晨)

谷欣雨气呼呼地出门,向周淘淘和巴德里挥了挥手:我们走!

周淘淘招呼胡塞尔:上车!

周淘淘打开车门,坐到驾驶座上,胡塞尔跟着上车,车忽地驶了出去。

巴德里站在谷欣雨的轿车旁呆望办公室门口,希望余家辉出来,但他没有出来,神情有点失望。谷欣雨走过来说:上车吧!

谷欣雨打开驾座门,巴德里过去坐在副驾座上,跟着周淘淘的车驶出去。

72.莫高窟 洞窟(外 日)

莫高窟标志性洞窟大佛殿。

谷欣雨、周淘淘和巴德里、胡塞尔随着游客参观游览洞窟壁画,讲解员指点介绍飞天壁画,他们认真倾听,仔细观看。

他们在反弹琵琶舞蹈图案的壁画前停住仔细观看琢磨;游客离开了,巴德里和胡塞尔还琢磨着,巴德里跃跃欲试,模仿反弹琵琶舞姿,谷欣雨给他纠正着动作,巴德里做了一个优美的舞姿。

谷欣雨:哎,对,就这样! 就这样……

巴德里收了舞式。

谷欣雨:走吧。

谷欣雨、周淘淘和巴德里、胡塞尔随着游客走出洞窟,边谈论边向出口走去。

谷欣雨:有收获吧?

巴德里：太大了！对敦煌舞的理解又加深了一步！

73.航天展览馆　发射塔(外　日)

模拟的航天城,巍峨矗立的发射塔。

谷欣雨、周淘淘和巴德里、胡塞尔随着游客来到发射塔前,仰望高高的发射塔,不禁发出感叹。

巴德里:古人的飞天梦,终于在这里实现了!

谷欣雨:现在我们要让飞天插上神舟飞船的翅膀!

74.艺术团办公室(内　晨)

余家辉仍坐在桌前发怔,半晌放下水杯,拿起桌上的车钥匙向外走去……

75.月牙泉　鸣沙山(外　傍晚)

谷欣雨、周淘淘和巴德里、胡塞尔随着游客登上鸣沙山。

夕阳西下, 连绵的沙山起伏着锦缎般淡淡的金辉。

灵泉似月,晓澈深邃,静若处女。

巴德里和胡塞尔俯视着山下的月牙泉惊呆了。

半晌,胡塞尔喃喃地:……多像美人的嘴唇!

巴德里:……更像欣雨弯弯的眉毛,美得让人心疼!

谷欣雨着急了:巴德里又胡说!

巴德里忽然诗情大发,张开臂膀,激情飞扬地:美啊!鸣沙山,美啊!月牙泉,美啊!我的女神,我的女神——(他双手捧在胸前,忽然跪倒在谷欣雨面前)我的女神,我捧着天空的明月,掬着清纯的月牙泉水,向你求爱!

谷欣雨忽然愣怔,不知如何面对。

周淘淘激动地提醒:欣雨,赶快接受巴德里真诚的爱情!

谷欣雨羞涩地瞪周淘淘一眼,转身好像受惊的小鹿逃跑了。

巴德里呆愣了,望着逃跑的谷欣雨。

周淘淘提醒巴德里:还不快追等什么?

"欣雨——"

巴德里翻起来追赶上去。

周淘淘欣喜望着。

胡塞尔点着头:这下有戏了!

76.月牙泉畔(外　晚)

谷欣雨跑下沙山,在泉畔奔跑。

巴德里叫喊着"欣雨欣雨",追下沙山,在泉畔追赶。

谷欣雨穿过泉畔的亭台楼阁，跑到泉畔的沙滩上停住，巴德里追上去抱住她。

谷欣雨深情地望着巴德里，巴德里深情地望着谷欣雨，两双含情脉脉的眼眸无声地相对着，闪烁着火花，两张颤抖激越的嘴唇渐渐接近……

碎玉般的月光洒在他俩身上，迷迷蒙蒙。

不远处，余家辉不知啥时候赶到了，独自坐在沙山梁上发呆，当看到眼前的情景，妒忌沮丧愤怒地起身向外走去……

谷欣雨紧闭着沉醉的眼睛，突然她耳边响起"咯咯咯"欢快的笑声！

（闪回）

77.胡杨林内（外　日）

"咯咯咯咯……"

谷欣雨和余铁丹欢笑着在胡杨林的沙地上奔跑追逐。

谷欣雨的彩裙蝴蝶翅膀般飘舞着，跑到一棵胡杨树前停住，铁丹追赶上来把她拥进怀里狂吻起来，接着倾倒在沙地上，滚做一团，如同燃烧的火……

（闪回结束，回到现实）

78.月牙泉畔(外　傍晚)

谷欣雨猛地睁开沉醉的眼睛,推开巴德里。

巴德里:欣雨,怎么了?

谷欣雨无声地离开他,默默向前走出几步停住,呆望前方,沉浸在回忆里。

巴德里走过去,默立在她身旁,半晌说:我知道你又想起了……

谷欣雨:请谅解我……

巴德里笑了笑:我,我保证!

谷欣雨用信任的目光望着巴德里:你是一个胸怀博大,难得的好男人!

79.沙山　出口　停车场(外　傍晚)

余家辉气咻咻地下沙山,冲出了出口……

80.停车场(外　傍晚)

余家辉来到停车场,钻进他的轿车,一脚油门,车唰地冲出去,险些撞到旁边的车上。

81.戈壁公路上(外　晚)

余家辉脸色痛苦懊恼,驾车飞驰,路过收费站没有减速,从旁边冲了过去。

收费员惊叫:余家辉,不要命了……

望着他的车远去。

82.月牙泉畔　栏廊(外　晚)

谷欣雨和巴德里站在泉畔的栏廊里,凭栏凝望月光迷蒙的月牙泉。

谷欣雨:月牙泉,身处沙山合围而不枯竭,风吹沙打而永远清澈纯洁!

巴德里:这就是敦煌儿女的品质!

谷欣雨默默点头。

巴德里:欣雨,艺术团能够接纳我和胡塞尔,还让我担任《丝路彩虹》的主角,太感谢你和周淘淘了,太让我感动了!

谷欣雨:看你又来了,说好不言谢的!再说了,我们为了共同的目标,进行文化交流,让古老的丝绸之路再度辉煌嘛!从明天开始,我们就进入创编工作,争取尽快搬上舞台!

巴德里:好! 我保证!(向谷欣雨举起拳头)

谷欣雨咯咯笑起来:又是保证?

巴德里:因为我这样做,你就会微笑,你一笑,就像灿烂的花朵!

谷欣雨:哦,那我以后每时每刻都面带笑容!

巴德里:对! 忘掉过去的烦恼,面带微笑,迎接美好的未来!

谷欣雨此时顿悟什么，望着巴德里向他伸出手:
感谢你帮我迈过心里的坎儿!

巴德里也伸出手,两只手紧紧握在一起!

83.沙山坡上(外　晚)

周淘淘坐在月光下的沙滩坡上,胡塞尔立在她
身旁畅想未来。

胡塞尔:多美的月光,多美的沙滩,多清纯的泉
水,深邃博大的文化积淀啊!这里的每一粒沙子都飘
溢着浓浓文化味道,我终于在这里找到了灵感,找到
了自己的位置!

周淘淘站起来:但愿你在这里干出惊天动地的
事业!

胡塞尔:——向我亲爱的姑娘周淘淘保证!

周淘淘:太好了!(张开臂膀,好像要飞起来)

胡塞尔把她揽在怀里……

84.戈壁旷野里(外　晚)

余家辉驾车飞驶,忽然小车失控飚出路面,在戈
壁旷野里狂奔,大幅度颠簸。

85.沙山　出口(外　晚)

谷欣雨、巴德里、周淘淘和胡塞尔在沙山顶上欢

天喜地呼喊着。

　　"下山喽,下山喽——"

　　"下山喽,走喽——"

　　从山坡上连跑带滚下来,向出口走去。

86.停车场(外　晚)

　　他们到停车场,上车驶出去。

87.戈壁旷野(外　晚)

　　余家辉驾车在黑茫茫的戈壁滩上无目标地狂奔,忽然前面出现一条深沟,他忙踩刹车,但车没有刹住,一头栽下洪沟……

88.戈壁公路上

　　两辆小轿车在公路上行驶。

　　谷欣雨驾驶着红色小轿车,周淘淘驾驶着自己的车。

89.月泉景区　艺术团院子(外　晚)

　　两辆小轿车驶进月泉景区。

　　驶进艺术团院子停住,大家下车拍打身上的沙尘,准备回房间。

　　门房保安准备关闭大门,见余家辉的车还没有回来,询问谷欣雨:欣雨,余家辉呢?

谷欣雨一怔:他,他不是在团里吗?

保安:他开车出去了。

谷欣雨:开车出去了?

保安:你们出去不一会儿,他就开车跟着出去了,我还以为你们在一起!

谷欣雨:可,可我们没看见。(向周淘淘们)淘淘,你们看到余家辉没有?

周淘淘摇头:没有!

巴德里摇头:没有。

胡塞尔两手一摊,摇头表示没有。

谷欣雨着急了:呀!快 12 点了!他还没有回来?

周淘淘:别管,一个大男人,丢不了!

谷欣雨:可,他到现在没有消息,我打电话。

谷欣雨掏出手机摁电话,大伙等待消息。

手机传出"无人接听"。

谷欣雨接着摁号,还是无人接听……

周淘淘:他可能不愿接你的电话,我来打。

她拿出手机摁号……

90.戈壁旷野　洪沟(外　晚)

小车侧翻在沟里,余家辉躺在地上,手机在身旁的沙地上响着,却无人接听。

91.艺术团院子(外　晚)

　　周淘淘手机里也是"无人接听",她摇摇头。

　　谷欣雨:不对啊!他……

　　周淘淘:可能又喝醉了!

　　谷欣雨:我们赶紧去找找!

　　周淘淘:可去哪里找啊?

　　谷欣雨:打电话问问收费站,他们认识余家辉,一定会有消息的!

　　谷欣雨摁电话,电话通了:请问,看见余家辉的黑色轿车了吗?对,对,是……什么?两个小时前回月泉景区了?他的情绪不正常?好,好!

　　周淘淘:什么情况?

　　谷欣雨:收费站人员说,余家辉两个小时前就回月泉景区了,还说他情绪不对,可能会出事!

　　巴德里:赶快去找!——快!

　　谷欣雨:好!出发!(上车)

　　巴德里坐在谷欣雨身旁的副驾座上,车驶了出去。

　　周淘淘和胡塞尔同车,跟着驶出去。

92.戈壁公路上(外　晚)

　　两辆车一前一后,在公路上慢慢行驶。

大家从车窗里观看搜索路两旁，每行一段就停车，在周围呼喊寻找。

93.戈壁旷野　洪沟（外　晚）

两辆车来到洪沟路段停住，大家下车四处寻找。

巴德里打着手电，发现有车轮印，便循着轮印寻找，在距离公路不远的洪沟里，看到了倾翻的车和躺在地上的余家辉。

巴德里大叫一声：余家辉，家辉——

巴德里跳下洪沟，谷欣雨、周淘淘和胡塞尔听到呼叫赶过来跳下洪沟。

巴德里扶起余家辉呼叫"家辉家辉"，余家辉满脸是血，没有反应。

谷欣雨：快送医院抢救！

巴德里背起余家辉起身往回奔跑，奔跑！

94.月泉景区卫生所　急诊室门前（内　夜）

谷欣雨、巴德里、胡塞尔和周淘淘等守在门前，焦急担忧的样子。

医生急诊室出来，大家围上去询问余家辉的伤情。

医生：病人额头撞伤，脑震荡，左臂肌肉严重拉伤……

谷欣雨急问:现在怎么样?

巴德里:不会有危险吧?

医生:医生已经做了手术处理,现在昏迷不醒,估计很快就会醒过来,放心!

这时,急诊室门打开,护士推着担架车出门,向病室走去。旁边的护士高举着输液瓶。余家辉额头上裹着纱布,两眼紧闭,昏昏沉沉躺在车上。

谷欣雨、巴德里、周淘淘和胡塞尔等围上去照看余家辉,帮护士推车……

95.病室里(内　夜)

输液管静静滴落着。

余家辉昏迷躺在病床上。

谷欣雨、巴德里、周淘淘和胡塞尔守在床头,眼巴巴地望着余家辉。

巴德里望着余家辉,脸上显出歉疚自责的表情,接着转身向外走去。

胡塞尔见他出去了,跟了出去。

96.古城(外　星夜)

巴德里披着月光,独自向前走着,来到景区外的古城下。

古城的危楼颓垛,残墙断壁,孤独独地沉浸在静谧的月光里,更显古老沧桑。

巴德里神情苦闷,来到一棵枯树下,停住,呆望明月,而后坐在树下土堆上。

胡塞尔跟着走来,轻轻将手拍放在巴德里肩上,默不作声。

巴德里似乎没有感觉到,仍望着天空的明月,默不吭声,半晌才叹道:我不该来敦煌……

胡塞尔:可你已经来了……

巴德里叹声,双手抱住脑袋……

97.客栈　巴德里房间(内　晨)

巴德里朝拉杆箱里填装东西:书本、衣服、洗涮用品,好像要离开的样子。

胡塞尔进来了,见此情景不解地:你,你这是干啥?

巴德里默不吭声,只是收拾东西。

胡塞尔看出了巴德里的意思:要离开?

巴德里默不吭声,仍朝箱子里装东西。

胡塞尔着急了:你真要离开啊?

巴德里仍不吭声,合上箱盖,提起来就往外走。

胡塞尔叫喊着追赶:巴德里! 站住,站住!

巴德里拉着箱子只管往前走。

胡塞尔:站住——(上去拉回巴德里,严厉地)知

道吗？你现在是《丝路彩虹》的主角！你一离开,这台
舞剧就会塌了！

胡塞尔夺下巴德里手里的箱子,扔在沙发上。

胡塞尔:当初来的时候,你好像打了鸡血,谁也
拦不住！现在又像中了邪要离开,这叫干什么？

巴德里:我在这里搅乱了他们的正常生活！看看
余家辉成了什么样？我还能待下去吗？我必须离开,
必须！

巴德里习惯性地挥舞着拳头,要抢箱子,胡塞尔
把他掀过去。

胡塞尔:——你冷静些……

巴德里:不要说了！让开——

巴德里冲上去,推开胡塞尔,去抢行李箱。

胡塞尔被推撞在茶几上,茶几上的杯壶之类噼
里啪啦掉在地上。

巴德里抢过行李箱冲出了门……

98.景区街口(外　日)

巴德里拉着行李箱大步朝前走去,神情痛苦而
郁闷。

他走出景区街口,慢慢停住转回身,望着景区和
艺术团,默默告别:再见月泉小镇,再见我的女神、伙
伴们……家辉,我对不起你……

巴德里眼睛里旋转着泪水,依依不舍,最后狠了狠心,转身向车站走去。

99.通往车站路上(外　日)

游人旅客向车站走动。

巴德里随着游人旅客向前走去,忽然怔住了,谷欣雨和胡塞尔出现在他面前。

巴德里惊异地:欣雨……

胡塞尔:欣雨来接你回去!

胡塞尔抓住巴德里的行李箱把手,巴德里却不松手。他俩在暗中拉扯争夺行李箱,最终胡塞尔没有夺过来,突然气愤,把巴德里拽出行人队伍。

胡塞尔:欣雨亲自来接你回去,你还想怎么样?

巴德里火了:胡塞尔,你知道我的脾气,我决定的事,谁也改变不了!

巴德里甩开胡塞尔,快步向进口走去。

谷欣雨和胡塞尔紧紧追赶。

100.景区车站进口　广告牌下(外　日)

巴德里到了车站进口前准备进站。

谷欣雨冲上去挡在他面前,正色质问他:你成心让《丝路彩虹》塌台?

巴德里心灵猛烈受到震撼,一时不知怎么回答:

我……

胡塞尔上去厉声斥责:你这是有意拆台!

巴德里面对谷欣雨和胡塞尔的质问,内心震撼,却左右为难,不知怎么办?他"唉"了一声:你让我怎么办?

巴德里揪着头发。

胡塞尔见此情景,把巴德里拉到旁边的广告牌下,在耳旁悄声说:傻瓜!不明白欣雨的意思啊?女神已经向你发出爱情信号了! ——赶快回头!

巴德里:可家辉他,他……我要再待下去,就会出事儿! 懂吗?

胡塞尔:可你走了,欣雨,还有《丝路彩虹》怎么办?

巴德里:我,我也不知该咋办!

"我来了——"

巴德里、胡塞尔和谷欣雨听到喊声转脸看去,只见余家辉在周淘淘搀扶下来了。余家辉额上裹着白纱布,左臂用绷带吊在脖颈里。

"家辉——"

谷欣雨和胡塞尔迎了上去。

谷欣雨:家辉,你怎么来了? 伤怎么样了?

胡塞尔:这可不是闹着玩的!

余家辉:不要紧!

余家辉向巴德里走去，胡塞尔和谷欣雨怕余家辉闹事，忧心忡忡。

谷欣雨忙上前抓住他的胳膊，劝导他：家辉，你，你可不能，不能……

余家辉拍了拍谷欣雨的手背：欣雨，放心……

谷欣雨、胡塞尔和巴德里捏着一把汗。

余家辉走到巴德里面前伸出了手，巴德里一怔，不解地呆望着余家辉。

余家辉：我，我来请你回去！

巴德里似没有听懂，愣住了。

余家辉内疚而感激地说：今早，我已经听欣雨和淘淘说了，前天晚上要不是你和大家寻找我，要不是你背我到医院，我就……我谢谢你！谢谢！（鞠躬，又向巴德里伸出手）

巴德里还发着呆。

余家辉：原谅我吧！让我余家辉也当回爷们！

胡塞尔：还等什么？（拉起巴德里的手，跟余家辉握在了一起）

谷欣雨见此情景，上前握住巴德里和余家辉的手：家辉！巴德里！

胡塞尔和周淘淘忽然笑了，握住他们三个人的手，五双手紧紧握在了一起！

……

101.敦煌大剧院(内　　日)

大剧院正在演出新创编的舞剧《丝路彩虹》。

舞台上,唐式风格的迎客厅背景下,侍女们端着果盘美酒等欢舞而上,准备迎接贵客到来。气氛喜庆而温馨。

谷欣雨扮演的飞天姑娘欣喜期待波斯王子到来。

周淘淘扮演的舞女飘然而上,向飞天姑娘报告波斯王子到来的消息。

飞天姑娘听此消息,激情飞扬,欣喜又羞涩……

台下坐满观众,大家沉浸在剧情中。

幕内侧,扮演波斯王子的巴德里等待出场,余家辉在催场,提醒他:该你出场了,准备!(将一朵美丽的玫瑰花送到巴德里面前,有意味地)祝你成功!

巴德里深深点头。

余家辉轻轻拍着巴德里的肩,鼓励他:——上!

舞台上,波斯王子出场了,他与心爱的飞天姑娘相会了,两人尽情抒发着喜悦、兴奋、激动和爱情的甜美!

观众的情绪随着剧情推向高潮,个个脸上漾出幸福喜悦,掌声如雷响起!

波斯王子将那朵象征纯洁爱情的玫瑰花献给飞

天姑娘，飞天姑娘欣喜接受，欢舞拥抱！倏然间，天空呈现出一道七彩长虹，象征一座丝路友谊大桥，飞天姑娘和波斯王子飘然而起，乘着象征神舟飞船的彩云，挥洒着花雨，向天空飞翔！

整个剧场掌声雷动，气氛热烈喜悦！

——剧终

【电影故事片】

雪山百灵

Folk songs of Yugur

何奇

1.草原　赛马会场(外　日)

夏日塔拉草原盛大赛马会。

四面八方的游人,骑马的,徒步的,纷纷向赛马场涌来……

辽阔的草地上万马奔腾,赛马骑手们你追我赶,势如箭镞;两旁山坡上人山人海,呐喊、口哨、喇叭声直冲云天……

一位五十多岁,学者模样的男人在人群里穿行,目光在那些年轻妇女身上扫视,好像寻找什么人,身后跟随着一个二十多岁的小伙子。学者挤到几个年轻裕固族妇女跟前,大概见不是要寻找的人,摇了摇头离开,继续寻找。

一位漂亮的裕固族妇女观看比赛激动地又跳又

叫,学者欣喜地挤过去,那妇女转过脸,学者怔住了,忙向她道歉,那妇女温和地笑了笑,继续观看比赛。

学者叫夏心鸣,跟在后面的是他儿子夏晓晨,见父亲艰难寻找,发出感叹。

夏晓晨:爸,草原上叫塔尔洁斯的妇女太多,不好找的!

夏心鸣:是啊!她给我寄资料又不留真实姓名和地址,好像跟我捉迷藏!

夏晓晨:咱们还是去前面的会场上找找,那里人多。我女朋友也约我在会场上见面,还要我到她家去,她阿妈要见我……

夏心鸣:好吧!

父子俩向会场走去。

夏心鸣边往前走边陷入回忆……

画外夏心鸣音:25年前,我从中央民族学院毕业后,分配到肃南裕固族草原青山乡文化站工作,在一次采风路上,邂逅了裕固族姑娘塔尔洁斯……

(以下均为闪回)

2.夏日草原　山坡上下(外　日)

初夏，草原仿佛五彩斑斓的地毯铺向远方的山下。

远处崇山峻岭,苍苍茫茫,云雾缭绕;空旷的蓝天下,牛马羊群和帐篷点缀在莽莽苍苍的草滩上。一骑人马在草滩上行走,他就是年轻的夏心鸣,肩背吉他,瞭望着美丽的草原,兴致勃勃,激动地赞叹呼喊:

——夏日塔拉草原我来啦!

到了山沟口,他从身旁取下水壶准备喝口水,忽然山野里传来美妙的歌声:

哎,裕固族姑娘就是我,

哎,姑娘我心中歌儿多……

夏心鸣欣喜地:——裕固族姑娘就是我!

他盖好水壶,驱马循着歌声飞奔而去!

山坡上,一个裕固族姑娘骑着马,挎着药包边行走边唱……

夏心鸣驱马来到山坡下从背上取下吉他,激动地弹拨对唱起来:

哎,裕固族小伙就是我,

哎,小伙我心中歌儿多,

真丝袍子我穿过,

哎,不信咱们唱着说……

山坡上的裕固族姑娘见山下有人跟她对唱,兴致大发,放声高唱起来:

哎,裕固人胸怀像草原,

哎,裕固人体魄像雪山……

那姑娘边唱边驱马向山下走来,夏心鸣跳下马迎上去,那姑娘也跳下马。

　　夏心鸣:你唱得太好了!

　　那姑娘:裕固族姑娘生来会唱歌,会走路就会跳舞!——请问您是?

　　夏心鸣:青山乡文化站夏……

　　那姑娘打断:——夏心鸣!

　　夏心鸣:你怎么知道?

　　那姑娘:我在报纸杂志读过您写的文章!——我叫塔尔洁斯!

　　夏心鸣:呀!歌手、草原百灵——塔尔洁斯?没想到在这里碰到了你!

　　夏心鸣向塔尔洁斯伸出手,两人握手寒暄……

3.对面山坡上(外　日)

　　一群羊在坡地上吃草。

　　牧人是个裕固族小伙子,戴顶翻卷帽檐的礼帽,嘴里衔根茅草秆,背靠岩石斜躺着,看到坡下夏心鸣和塔尔洁斯亲热的样子,吐掉嘴角的草秆,跳上乘马,气冲冲地向坡下冲去……

4.山坡下的草滩上(外　日)

　　夏心鸣和塔尔洁斯牵着马边往前走边谈论裕固族民歌。

夏心鸣：……你唱得太好了！

塔尔洁斯：其实，我只会唱儿首，都是阿妈教的！

夏心鸣：今天我就是专程前来拜访你阿妈的！

塔尔洁斯：——欢迎！那我们现在就去！

夏心鸣和塔尔洁斯准备上马。

那个裕固族小伙驱马从后面快速冲过来，顺手将塔尔洁斯提到自己的马鞍上，眨眼狂奔远去。

夏心鸣被突如其来的情景吓呆了：什么人？站住！站住！放下人！

夏心鸣叫喊着跨上马去追赶。

5.山野草滩上（外　日）

那骑人马飞速奔跑，拐过前面的山脚不见了。

夏心鸣追过山脚，眼前是开阔的山野，不见了人影，勒马观察周围，乘马在地上打着转圈：塔尔洁斯，你在哪儿？在哪儿——？

四周的山岭沟谷和松树林静悄悄的没有回应。

不远处有个放牧姑娘，听到呼喊，策马奔跑过来：同志！怎么啦？

夏心鸣：快快快！塔尔洁斯被人劫走了！

姑娘大惊：塔尔洁斯被人劫走了？！

夏心鸣：怎么办？怎么办？

那姑娘：先别急！那人啥模样？

夏心鸣:小伙子,大高个儿,很粗壮……

那姑娘:……是不是戴着大礼帽?

夏心鸣:对对对!

那姑娘想了想,缓口气:知道了!塔尔洁斯不会有事的!(叹声)这人真是……走,我们去找她!

夏心鸣跟姑娘去寻找。

6.小树林里(外　日)

那小伙子驮着塔尔洁斯钻进小树林勒马停住,跳下马,放下塔尔洁斯。

塔尔洁斯气氛地用拳头捶打着那小伙子:铁木尔,你混蛋,混蛋! 混蛋!

铁木尔任她捶打几拳后,挥着马鞭子审问:那男人是谁?

塔尔洁斯:就不告诉你!

铁木尔:不告诉我,我也看到了! 你俩黏黏糊糊,搞啥名堂?

塔尔洁斯:你! 好,告诉你,他是青山乡文化站夏站长,来搜集裕固族民歌! 真是!

她说完气恼地转身就向回走。

铁木尔:哪里去? 哪里去? (拉住)

塔尔洁斯抛开他:走开!

铁木尔见塔尔洁斯发火了,嘻嘻笑着跟上去:尕妹子,不要发火嘛!

塔尔洁斯:谁是你的尕妹子?

铁木尔:你啊! 咱们是邻居,你还叫我铁木尔哥哩!

塔尔洁斯停住:既然是哥,为啥对我撒野? 知道吗? 你这是抢劫行为! 夏站长一旦着急,给乡派出所报了警,那会是啥结果? 想过没有?

铁木尔蛮横地:我不喜欢别的男人跟你在一起!

塔尔洁斯:凭啥?

铁木尔:喜欢你!

塔尔洁斯边往回走边回应:我早就给你说过,咱俩不合适,以后少缠,莎仁喜欢你,你娶她!

铁木尔跟在后面嚷叫着:我就要跟你好,就要!

塔尔洁斯不理他,气哼哼地继续往回走。

铁木尔望着塔尔洁斯的背影吼叫:塔尔洁斯你听着! 你是我的,以后哪个男人胆敢靠近你,我饶不了他,也不放过你——

塔尔洁斯的身影渐渐消失在远处。

铁木尔失落地呆住了。

7.山野草滩上(外　日)

夏心鸣和那个姑娘在山野里寻找塔尔洁斯。

夏心鸣:塔尔洁斯——你在哪里?

那姑娘:塔尔洁斯,塔尔洁斯——

塔尔洁斯从那片小树林里跑出来，老远向她俩招手应声:夏站长、莎仁,我在这儿——

夏心鸣和莎仁姑娘看到塔尔洁斯,欣喜地呼喊着"塔尔洁斯"策马赶了过去。

8.草原上(外　黄昏)

宽阔的山野沟谷里,几顶帐篷坐落在溪水旁的草滩上,附近有羊栏、牦牛……

中间的大帐篷里传出裕固族《敬酒歌》,歌声在草原上飘荡。

哎——

金杯银碗盛满美酒,

主人的心愿盛在酒中……

9.草原　塔尔洁斯家帐篷(内　黄昏)

这是塔尔洁斯家的帐篷,家人正在招待客人夏心鸣。

夏心鸣脖子上戴着哈达和两个陪客坐在帐篷里的长沙发上,面前的矮桌上摆满手抓羊肉、奶茶、油炸果子和糖果等,莎仁和几个妇女坐在旁边。

塔尔洁斯的阿妈端着酒杯,唱着《敬酒歌》向夏心鸣敬酒,塔尔洁斯端着酒盘在旁边伴唱:

金杯银碗盛满着美酒，

主人的心愿就在酒中，

请端起碗远方的客人，

接受主人的一片盛情！

……

夏心鸣(端起酒杯):谢谢！谢谢老阿妈的盛情！

夏心鸣将酒喝了下去,将酒碗送递过去。

老阿妈又接着唱……

10.小溪边草滩上(外　月夜)

塔尔洁斯和夏心鸣踏着月色默默无声向前走着,似乎沉浸在优美歌声中。

铁木尔神情沮丧、歪歪斜斜骑在马背上往回走,看到塔尔洁斯跟夏心鸣在一起,用嫉恨的目光盯着塔尔洁斯和夏心鸣,而后从怀里掏出酒瓶往嘴里灌。

塔尔洁斯和夏心鸣没有看到铁木尔,两人继续沿着小溪往前走去。

铁木尔灌下几口酒,将手里的空酒瓶摔在地上,准备驰马追上去,旁边的莎仁看到了,跑上前挡在铁木尔的马前,无声地瞪视着他,铁木尔无奈地"哼"了一声,勒转马头,朝马屁股甩了一鞭,向远处驰去！

莎仁望着他消失在夜幕中的背影, 显出无奈忧闷的神情。

夏心鸣和塔尔洁斯继续向前走着，谈论着民歌。

夏心鸣(感叹地)：……裕固族民歌真是博大精深，源远流长啊！

塔尔洁斯：明天我们就开始采访！

夏心鸣点点头。

11.草原　婚礼现场(外　日)

草原上，热闹喜庆的裕固族婚礼场面。

娶亲的队伍与新娘方在帐篷前对唱娶亲歌。

夏心鸣拿着录音机和塔尔洁斯录制着……

草滩上，送亲和迎亲的歌手对唱迎娶亲歌……

夏心鸣拿着录音机和塔尔洁斯随着歌手对唱录制着，在笔记本上记录着……

12.草原　草滩上(外　黄昏)

远处的草滩上牛羊踏着夕烟牧归。

塔尔洁斯和夏心鸣骑马踏着夕照往回走。

夏心鸣：……今天又是满载而归啊！这些日子要不是你帮我，我真不知道去哪里搜集这些宝贵的民歌！真感谢你啊！

塔尔洁斯：看看，怎么又是这话！其实，我也很喜欢裕固族民歌，我曾经也想把这些民歌搜集整理出来,不要让它失传,但我不懂乐理,也不知道怎么记录!

夏心鸣:你很懂!还知道那么多中草药,真不简单!

塔尔洁斯:我阿爸是民间中医,我从小就跟阿爸学中药,在我十四岁那年,阿爸上山采药,摔下了山崖……以后,我就接了阿爸的事业……

夏心鸣:哦……

塔尔洁斯:明天我们去采访安布拉大叔!他是裕固族民歌王,胸怀宽阔得像草原,装的全是歌!我阿妈的很多歌就是跟他学来的!

夏心鸣:可他老人家现在在哪朵云彩下?我曾打问过好多人,谁都说不清楚!

塔尔洁斯:一定会找到!

忽然,铁木尔醉醺醺出现在他俩面前,夏心鸣和塔尔洁斯愣怔,下马。

塔尔洁斯知道铁木尔来找事,对夏心鸣低声说:您先回,我跟他说几句话。

夏心鸣欲离开,铁木尔用鞭杆拦住:不许走,我就是找你说事儿的!

塔尔洁斯挺胸而上:你要干什么?

铁木尔:我说过,不许别的男人在你身边!这些日子他拉扯你钻山沟串帐篷,今天我要警告警告他!

他说着举起马鞭,塔尔洁斯护住夏心鸣:不许胡来! 我给你说过,夏站长是来草原搜集民歌的。

铁木尔:我看他是来抢占你的! ——给我走开!

铁木尔要拨开塔尔洁斯,塔尔洁斯却极力护着夏心鸣,两人纠缠在一起……

夏心鸣吼着:放开塔尔洁斯,有啥事冲我来!

夏心鸣要挺身而出,塔尔洁斯劝阻他。

塔尔洁斯:你快走,没你的事!

夏心鸣不走,铁木尔向夏心鸣扑着,塔尔洁斯左右遮挡着。

这时,莎仁姑娘叫喊着铁木尔驱马赶来,跳下马拉住铁木尔。

莎仁:不要胡闹! 回去,回去!

铁木尔(怒吼):你是谁? 多管闲事! ——走开,走开!

莎仁不管不顾,只是拉住铁木尔的胳膊不放,铁木尔扬手把她推倒在地上。

莎仁:啊! ……

塔尔洁斯:——莎仁姐!

塔尔洁斯跑过去照看莎仁。

夏心鸣上去夺过铁木尔手里的马鞭:——不许打人! 有本事朝我来,对女人动手算什么男人? 来,冲我来! 冲我来!

铁木尔:好,那我警告你! ——塔尔洁斯是我喜欢的女人,从今天开始不许你缠她,不许你靠近她!

夏心鸣:你喜欢塔尔洁斯,就这样对待她?作为一个男人,喜欢一个女人,就应该爱护她,可你刁难她,闹事,还打人,像个男人吗?你配塔尔洁斯吗?

铁木尔(忽然愣住了):你,我……

塔尔洁斯扶起了莎仁,对夏心鸣说:我们走!不跟他废话!

塔尔洁斯扶着莎仁往回走。

夏心鸣"哼"了一声,把马鞭扔在铁木尔面前转身往回走。

把铁木尔一个人晾在那儿了。

13.草原 小路上(外 黄昏)

夏心鸣牵着三匹马,塔尔洁斯搀扶着莎仁往前走,莎仁不由自主向后观望。

塔尔洁斯:……放心不下?

莎仁担忧地:他喝了不少酒……

塔尔洁斯:这个铁木尔最近经常酗酒。

莎仁:他心里有事……

塔尔洁斯:我知道你喜欢他,喜欢就追,结了婚,有你管束他就会变好的!

莎仁羞涩地:可……我这头热,他那头凉!

塔尔洁斯:放心！我会帮姐姐的。

远远的草滩上出现帐篷,帐篷顶上炊烟袅袅。

莎仁望着远处的帐篷,对塔尔洁斯说:我要回家了,再见,夏站长再见！

塔尔洁斯:再见！

夏站长:再见！

莎仁上马走了。

夏心鸣和塔尔洁斯望着夕阳下远去的莎仁。

夏心鸣:莎仁喜欢铁木尔?

塔尔洁斯:都好多年了,一片痴心啊！

夏心鸣:可,这个铁木尔……

塔尔洁斯:其实,他是个心地善良的人,就是爱喝酒,喝醉了就撒酒疯！他的阿爸阿妈去世早,他是孤儿,野惯了……

夏心鸣:哦……

14.草滩　小帐篷门前(外　夜晚)

茫茫夜幕笼罩着草原山峦和帐篷等。

塔尔洁斯家帐篷旁的小帐篷亮着灯光,从窗缝隙里可以看到夏心鸣趴在小桌上聚精会神写东西。

塔尔洁斯从大帐篷出来,见小帐篷里亮着灯光,走到小帐篷门前。

塔尔洁斯:夏站长,还没休息啊?

帐篷内,夏心鸣放下手里的资料:哦,是塔尔洁斯啊,快进来,外面凉。

塔尔洁斯进入帐篷。

15.小帐篷里(内　夜晚)

塔尔洁斯走进帐篷。

里面有简单的矮床、小桌、木箱等,小桌和箱子上放着书和谱稿等,旁边放着暖水瓶和茶杯碗等,干净整洁,井井有条。塔尔洁斯见小桌上放着书稿记录本等,问:又忙啥?

夏心鸣:写点东西。你来得正好,有件事正要跟你商讨……过来坐。

塔尔洁斯坐在他身旁。

夏心鸣:我想写篇文章……(拿过一份资料)文章的标题就叫《浅谈裕固族民歌的挖掘整理和保护传承》,或者……

塔尔洁斯看了看提纲,谈自己的想法:我看不要"浅谈",直接说挖掘整理和保护传承……总之,我们要重视它的传承发展……呀! 我不懂写文章,乱说乱说,还是你来定!

夏心鸣:你的提议很好,就按你说的写。

夏心鸣拿起笔修改提纲,添加内容。

塔尔洁斯凝望着灯影下的夏心鸣。

夏心鸣偶然抬头,见塔尔洁斯凝望着他,觉得奇怪:怎,怎么了?

塔尔洁斯关切地:你该回乡医院看看柳医生,都十来天没回去了!

夏心鸣:等采访了歌王安布拉大叔再说吧!

塔尔洁斯:你可不能为了工作,忘了未婚妻。

夏心鸣笑着:不会!

16.青山乡医院　诊室里(内　夜晚)

一座小院坐落在沟洼房屋的中间地带,大门旁挂着"青山乡人民医院"牌子。

一个戴着眼镜的女医生正站在室内窗前,望着远处的山野发呆,脸上泛着淡淡的愁绪和孤独。她看上去文弱,却娇美,她就是夏心鸣的未婚妻柳如烟。

一位五十多岁的女医生路过诊室,看到呆立的柳如烟,招呼她:柳医生……(柳如烟没有反应,那女医生提高声音)柳医生!

柳如烟怔了一下:哦,是,是吴院长……

吴院长进诊室:都11点多了,咋不回去? 又没吃饭吧?

柳如烟:不想吃……

吴院长:我知道你吃不惯食堂的饭。走,上我家去,我给你做好吃的!

柳如烟:我想一个人呆呆……

吴院长:哦! 夏站长去草原采访还没回来?

柳如烟:嗯。

吴院长:都十多天了,该回来了!

柳如烟叹息:……

吴院长:赶快办了喜事,成了家就好了!

柳如烟苦笑着。

吴院长:到我家去吧! 啊!

吴院长拉着柳如烟的手出了门……

17.野外草滩上 (外 夜晚)

草原、山峦、帐篷等,笼罩在茫茫夜幕里。

铁木尔歪歪斜斜骑在马背上,摇摇晃晃往前走,手里拿着酒瓶边喝边吼叫,最后将酒瓶里的酒灌下去,慢慢倾伏在马鞍上,手里的酒瓶掉在地上,乘马驮着他无目标地晃悠,忽然他从马鞍上掉在草地上。

旷野里传来恶狼的嚎叫,有恶狼在野草丛中窥视着,向他渐渐靠近。

一个女子跑来扶起他,背起他往回走,她是莎仁。

那群恶狼悄悄尾随后面,莎仁无意发现,惊呼:狼,打狼,打狼——

她背着铁木尔边呼喊边奔跑。

狼紧紧尾随逼近,最后包抄上去,挡在她前面。她见无法逃跑,退到旁边土崖下将铁木尔放在地上,从地上捡起石头向狼群打过去,头狼躲过石头,开始冲扑,她又捡起石头打过去,焦急呼喊:打狼——救人啊——打狼——

18.夏心鸣的帐篷(内　傍晚)

塔尔洁斯和夏心鸣正在说话,莎仁的呼叫隐隐传来。

夏心鸣:有人呼救……

塔尔洁斯:是莎仁!她遇到麻烦了!——快去看看!

他俩冲出了门。

19.野外草滩上(外　傍晚)

塔尔洁斯和夏心鸣挥着马鞭吼喊着"打狼——打狼——"驱马急骤飞驰。

20.土崖下(外　傍晚)

莎仁打出最后一块石头,手无寸铁,焦急无比。

那匹头狼一跃而起扑向她,塔尔洁斯飞马冲过去,举起马鞭向那匹头狼抽去,那匹头狼被抽落在地上,夏心鸣跟着冲上来,扬起马鞭抽打驱赶狼群,呼喊莎仁。

夏心鸣:快撤离,快撤离!

莎仁趁狼群惊散背起铁木尔向后撤,夏心鸣和塔尔杰斯继续驱赶狼群。

夏心鸣的乘马突然失蹄,他从马背上栽下去,一根拇指粗的柴干扎进他的左臂,他"啊"地叫一声!

塔尔洁斯见此情景惊呼:夏站长——(驱马冲过去,跳下马扶起他)怎么样?怎么样?

夏心鸣:没,没事!

夏心鸣捂着臂膀站起来,又抽打驱赶狼群。

塔尔洁斯见夏心鸣没事,与他共同打击驱赶狼群。

莎仁见夏心鸣从马背上摔下来,准备回头抢救,见他又站起来,于是背着铁木尔继续往前奔跑,很快消失在夜幕中……

塔尔洁斯和夏心鸣打击驱赶着狼群,狼群终于被击败,灰溜溜地离开了。

他俩望着离去的狼群,脸上露出笑容。

夏心鸣左臂膀鲜血直流,忙用右手捂住。

塔尔洁斯看到了,惊叫:呀!你受伤啦!

21.草原　铁木尔家帐篷(内　夜)

铁木尔昏昏沉沉躺在矮榻上。

莎仁坐在矮榻旁给他一勺勺喂水，望着他那痛苦扭曲的脸庞，眼睛里旋转着泪水……

躺在矮榻上的铁木尔慢慢睁开了眼睛。

莎仁见他醒了，放下碗抓住他的手高兴地叫起来：啊！醒了！你可醒了！

铁木尔望着周围，又摸着额上的肿块，回忆着眼前发生的事，渐渐明白了。

铁木尔感激地：莎仁……

莎仁知道他想说什么，打断他的话：——要谢就谢塔尔洁斯和夏站长！你从马背上摔下来，我背你往回走，半道上碰到了狼群，要不是塔尔洁斯和夏站长赶来打退狼群，我俩早喂了狼……

铁木尔惊叹：啊！

莎仁：夏站长在打狼时还受了重伤……

铁木尔：受了伤?!

铁木汗心里难受，发了一阵愣，起身下床默默向外走去……

22.草原　帐篷旁的山梁上（外　夜）

铁木尔走出帐篷默默登上旁边的山梁，痛楚地望着远处。

一阵，莎仁拿着件外套衣服走出帐篷，见铁木尔立在山梁上，便登上山梁，无声地将外衣披到铁木尔身上。

铁木尔的目光相比先前柔和了，歉疚地望一眼莎仁。

莎仁无声地靠在了他身上。

铁木尔：……我混蛋，我对不起夏站长，也对不起你……

莎仁将头靠在他肩上，脸上涌出了笑容……

23.青山乡医院(外　日)

医院门诊室里，柳如烟坐在桌前低头写病历。

一位二十多岁的女护士进来，好像有什么事，探问柳如烟。

女护士：柳医生。

柳如烟没有抬头：嗯……

女护士：夏站长去草原采访回来没有？

柳如烟：没有呀。

那女护士迟疑着不好开口了。

柳如烟抬起头，注意起来：小刘，发生了什么事？

小刘迟疑半天：听说，听说他几天前从马背上摔下来受了伤……

柳如烟惊跳起来：啥？他受伤了？

小刘安慰地：不要紧张！我也是刚听牧民传说的，不一定是真的……

柳如烟:这这这……(慌神了)我,我去看看!

柳如烟边脱白大褂边向外走。

小刘劝阻:不要着急,等弄清情况再去!再说,你不会骑马,二十多公里山路怎么去?

柳如烟:我步行去!

柳如烟把白大褂挂到衣架上跑了出去。

小刘追了几步:喂喂喂,你去给吴院长说一声啊!

柳如烟已经出门不见了。

小刘后悔地拍着自己的嘴:多嘴多嘴!多嘴!

24.草原　夏心鸣的小帐篷前(外　日)

帐篷前的马桩上有匹乘马。

夏心鸣戴着遮阳帽,身背吉他,从帐篷里出来,看样子要去草原采访。他的胳膊膀上仍缠裹着白纱布,在搬马鞍时,因为伤口疼痛,眉头皱了皱。

塔尔洁斯提着水桶从大帐篷出来,见夏心鸣备马鞍,放下水桶跑过来。

塔尔洁斯:您要干啥?

夏心鸣:去采访啊!我都休养了四五天。

塔尔洁斯:不行!(夺过他手里的马鞍)您的伤还没好利索!

夏心鸣:我已经好了!

塔尔洁斯:我是医生,伤好没好我比你清楚!

夏心鸣伸展挥舞着胳膊:你看,我这不是……

塔尔洁斯:——不要犟嘴!听我的,必须再休息五天!(放下马鞍)

夏心鸣还要争辩,远处有人呼喊。

"心鸣——心鸣——"

夏心鸣向喊声看去,远处有个女人向这面跑来,他惊叫:啊?!如烟?!

柳如烟:心鸣——

柳如烟奔跑而来,夏心鸣迎了上去,抓住她的臂膀:如烟,你怎么来啦?怎么来的?

柳如烟:听说你从马上摔下来受了伤,我来看看……

夏心鸣:谁带你来的?(向后观看)

柳如烟:没有谁带,我自己跑来的……

夏心鸣大惊:啥?你自己?!这是二十多公里山路啊!还有狼,你,你胆子也太大了!(有点语无伦次)

柳如烟肩挎药包和旅行水壶,风尘仆仆的样子,脸庞上有草木划破的痕迹,却胜利地微笑着。

夏心鸣:你呀!(捧住柳如烟的脸庞,痛惜地观看)

柳如烟看到夏心鸣臂膀上裹着的白纱布,着急地要看伤口:伤怎么样?快让我看看,让我看看!(焦急的样子)

夏心鸣:就擦破点皮,已经好了,不要看了!

柳如烟:不! 我一定要看看!

塔尔洁斯走了过来:夏站长,去帐篷里,让柳医
生看看!

夏心鸣这才想起塔尔洁斯,忙给柳如烟介绍说:
如烟,这就是草原牧民称之为"百灵鸟",又用草药给
牧民治病的塔尔洁斯姑娘……

柳如烟端详着,有点嘲讽地:果然长得漂亮,像
朵格桑花!

夏心鸣向塔尔洁斯介绍柳如烟:这是我的未婚
妻柳……

塔尔洁斯:不用介绍,我早就知道柳医生!

塔尔洁斯伸出手和柳如烟握手,向大帐篷呼喊:
阿妈,来客人啦!

老阿妈从大帐篷里出来应声:知道啦!

塔尔洁斯:夏站长,你俩先去小帐篷说说话,一
阵请柳医生到我家做客!

夏心鸣:好的。

25.夏心鸣的小帐篷(内　日)

夏心鸣请柳如烟进入小帐篷。

夏心鸣将肩上的吉他和背包取下来挂在帐篷杆
上招呼柳如烟:请坐。

柳如烟:你坐下,让我看看伤!

柳如烟要按他坐下,夏心鸣无事般打着哈哈:真擦破点皮,是塔尔洁斯包扎的,已经好了,放心!就准备去采访!

柳如烟:真的?

夏心鸣:真的。

柳如烟长吁一口气:吓死我了!

夏心鸣帮柳如烟从肩上取下药箱和水壶挂在帐篷杆上,倒杯水,放在小桌上。

夏心鸣:歇歇! 喝口水!

柳如烟没有坐,扫视着帐篷,有点凄凉地:就住这儿?

夏心鸣:嗯! 挺方便!

柳如烟仍愣愣地观看着帐篷。

夏心鸣:坐呀! 发啥愣?

柳如烟所答非所问地:心鸣,采访快结束了吧?

夏心鸣:才刚刚开始,哪能结束呢! 裕固族民间诗歌种类很多,不是三五天,三五载就可以搜集整理完成的! 这些天采访了几位歌手,本来去采访安布拉大叔,谁料受了伤,倒霉!

柳如烟半是玩笑半是真的:你的心被那个塔尔洁斯勾住了吧?

夏心鸣:胡说什么!

夏心鸣借机抱住柳如烟,两人亲吻起来……

两人亲吻后,夏心鸣对柳如烟说:如烟,采访结束后,我们就结婚吧!

柳如烟:结婚?

夏心鸣:是啊!结了婚,就有了温馨的家!

柳如烟:——这就是你追求的目标?想在这地方耗一辈子?

夏心鸣:不好吗?

柳如烟:心鸣,说实话,这地方环境条件太艰苦!我在乡医院的这几个月住不习惯,吃不习惯,还在吴院长家蹭饭,我熬不住了!

夏心鸣:慢慢就会习惯的。

柳如烟:反正我准备离开!我妈妈几次写信催我回上海!

夏心鸣:如烟,听我的话,不要再提走的话,我的工作在这里,事业在这里!(抓住她的肩膀摇着恳求着)听到没有?

柳如烟沉默半晌:那你今天跟我回乡文化站!我一个人太孤独,太寂寞!

夏心鸣:我的工作刚刚有了眉目,不能半途而废啊!等采访完安布拉老人,我就回乡文化站,每天跟你在一起!行吗?

柳如烟埋怨地:你总拿事业来抵挡我……

夏心鸣欣喜地:同意了?

柳如烟嗔怪地:不同意行吗?

夏心鸣:我的如烟太好了!

柳如烟认真地:不过,我说的话,你要放在心里!

26.草原　小路上(外　日)

夏心鸣和塔尔洁斯骑马在草原上行走。

前面出现搬家转场的驼队,他俩驱马过去,在拉驼人跟前询问安布拉的家。

塔尔洁斯:请问歌王安布拉大叔家住哪里?

拉驼人想想,指着遥远的山:好像住在那边的青松山下。

拉驼人牵着驼队继续前行。

夏心鸣:哎哟,东跑西走寻找了三四天,越找越没影儿了!

塔尔洁斯:这也难怪! 牧民跟着畜群走,三天搬家,两月转场,很难固定! 走! 我们去青松山!

夏心鸣:好!

27.草原　山梁下(外　日)

塔尔洁斯和夏心鸣驱马行走。

苍绿的山峦起伏在草原上,山下有座牧民帐篷,附近有羊栏、草棚等。

一位妇女在帐篷旁边的草棚里打酥油，那妇女见来客人了停住手。塔尔洁斯和夏心鸣老远下马上前问好。

塔尔洁斯:老妈妈好!

夏心鸣:老妈妈好!

那妇女:远方的客人好!

塔尔洁斯:请问老妈妈,安布拉大叔家在这儿吧?

那妇女:嗯! 他是我老伴儿!

塔尔洁斯和夏心鸣欣喜而异口同声: 可找到他老人家啦!

塔尔洁斯:谢谢老妈妈带来好消息!

塔尔洁斯和夏心鸣要去帐篷见老人家。

安妻:他走了! 不在家。

塔尔洁斯:去了哪里?

安妻:这个,我不知道!

塔尔洁斯和夏心鸣有点失望。

塔尔洁斯:那,我们等他老人家回来!

安妻:不要等啦! 他今天不会回来! 就是回来,也不会见你们!

塔尔洁斯和夏心鸣大为惊异。

塔尔洁斯:这,这是为什么啊?

安妻迟疑半晌:好! 告诉你们吧! 他早就听说你们在寻找他,也知道你们今天会找到这里,所以他早晨就走了！他让我转告你们,不要找他,他不会见你们,就是见了,也不会给你们什么的!

塔尔洁斯和夏心鸣迷惑不解了。

塔尔洁斯:这到底为什么啊?

安妻摇了摇头:我也不知道!他这个人很怪,前些年有很多像你们这样的人前来采访,他像对待亲人一样欢迎!可最近几年,忽然不愿见了,到底为啥?我也说不清!

塔尔洁斯和夏心鸣茫然地定在那儿了。

28.草原　小路上(外　黄昏)

塔尔洁斯和夏心鸣骑着马,情绪低落地往回走。

夏心鸣:……是不是我们啥地方做的不合适,惹他老人家生气了?

塔尔洁斯:怎么可能,我们连老人家的面都没见!我琢磨着,这里面一定有什么缘由!

夏心鸣:什么缘由?

塔尔洁斯:还说不清……

忽然,铁木尔出现在前面的路口上。

塔尔洁斯:铁木尔?

塔尔洁斯和夏心鸣勒马停住。

塔尔洁斯:你要干啥?

夏心鸣:又来闹事?

铁木尔哈哈大笑:咋?把我铁木尔看扁了。我不是来打架闹事的,我来报告你俩,我马上就要跟莎仁领证结婚了!

塔尔洁斯:啊?!真的?

铁木尔点头。

夏心鸣:真有你的!祝贺!祝贺!

铁木尔开心地笑着,看到他俩风尘仆仆的样子:今天又满载而归吧?

塔尔洁斯叹了一声:唉!

夏心鸣苦笑摇头。

铁木尔:咋啦?碰到不顺心的事了?给老哥说说,老哥两肋插刀!

夏心鸣:又不是打架!

塔尔洁斯:我们去找安布拉大叔吃了闭门羹,他不见我们!

铁木尔:为啥呀?

塔尔洁斯两手一摊:……

铁木尔嗔怪地:这个倔老头!(拍着胸脯)好了!这事包在我身上,明天我带你俩去,包他老人家不但见你们,还要把所有的歌全唱给你们听,让你俩的录音机装得满满的!

塔尔洁斯:你就吹吧!

铁木尔:咋?不相信啊?——知道吗?我可是他

老人家的救命恩人!

塔尔洁斯和夏心鸣重视起来。

铁木尔策马边走边述说,塔尔洁斯和夏心鸣跟随倾听。

铁木尔:……今年春天,我在青松山游牧,有一天下大雪,几只羊走丢了,我去寻找,碰到一个老人从马上摔下来,昏倒在雪地里,我赶紧把他背回家,用丁香生姜奶茶救了他——知道这老人是谁吗?

塔尔洁斯:——安布拉大叔?

铁木尔:对!当时他要去山顶采雪莲,治他的风湿腰痛病。因为下雪路滑,乘马失蹄,要不是我……你们说说,他老人家能不给我面子吗?

塔尔洁斯:呀!太好了!怎么从来没听你说过?

铁木尔:一点小事,有啥张扬的!

夏心鸣擂铁木尔一拳:真有你的!

塔尔洁斯:——明天去青松山!

29.草原　青松山下(外　日)

铁木尔带着塔尔洁斯和夏心鸣驱马向青松山行进。

忽然,远处传来悠扬的歌声,塔尔洁斯和夏心鸣勒马倾听,夏心鸣忙下马掏出本子速记……

铁木尔听出是安布拉老人,激动地向夏心鸣和塔尔杰斯说:是安布拉大叔,你俩在这里等着,我去请他过来。

跳下马边说着向那里跑去:安布拉大叔——大叔——

30.草原 山湾里(外 日)

一条小河在山下蜿蜒远去,仿佛白色飘带。

岸边灌木成林,牧草芊芊,飞鸟鸣啭,羊群游动,骏马奔驰!

一曲浑厚、苍劲、哀婉、动听的裕固族民歌《萨娜玛珂》在蓝天草原飘荡!

那歌声来自河岸边的老人——他两鬓白发,银须飘飘,弹拨着天鹅琴,激情昂扬地唱着,眼睛里噙着泪水……

歌声渐渐息落,大地沉静无声。

铁木尔跑到老人身旁:大叔——

安布拉慢慢转过身,眼睛仍湿润着。

安布拉:我知道你会来……

铁木尔:大叔,您好吗?

安布拉点头。

铁木尔:大叔,我给您带来两个客人,他俩专门……

安布拉举手制止:……让他们回去吧!

铁木尔:为啥?

安布拉:以后就知道了……

铁木尔欲争辩,安布拉打断:回帐篷再说!

安布拉挽起铁木尔的手往回走。

31.安布拉家帐篷(内　日)

安布拉和铁木尔进入帐篷。

安妻正烧茶做吃的。安布拉将琴挂在帐篷杆上热情招呼铁木尔:请坐,请坐!

铁木尔不坐,生气的样子:您把客人拒在门外,我能坐得住吗?

安布拉:我说过,让他们回去,我不想见这些人!

铁木尔:那您得说清楚为啥?

安妻为铁木尔帮腔说:是啊!过去对客人好像一团火,谁知现在……

安布拉:多嘴!

安妻:好好!不说了!

32.草原　安布拉家帐篷前的草滩上(外　日)

太阳渐渐斜向西面,草原上的羊群开始向回移动。

塔尔洁斯和夏心鸣还在草滩上焦急等待。

夏心鸣:太阳快落了,铁木尔还没消息。我就想不明白,大叔为啥不愿见我们? 为啥?

塔尔洁斯:可能啥事伤了他老人家的心!

太阳渐渐沉落在西面的山峦后。

忽然天气变了,转瞬雷声大作下起雨来,塔尔洁斯和夏心鸣淋在雨中……

33.安布拉家帐篷里(内　黄昏　雨天)

铁木尔和安妻见外面下雨,塔尔洁斯和夏心鸣淋在雨里着急了。

铁木尔:大叔! 外面下雨,快让他们进来啊!

安妻:有啥事,让他们进门再说!

安布拉走到门前,从门窗里看到塔尔洁斯和夏心鸣淋在雨中有点不忍,欲意让他们进门,又狠狠心,改变主意:……让他们淋淋雨吧! 或许淋淋雨水,他们会清醒些!

铁木尔:大叔! 难道您不愿把装在肚子里的歌传承下去?

安布拉终于抑制不住感情,激动地吼起来:大叔做梦都想把这一肚子两肋巴歌谣传下去! 可,有那么些人采集民歌不是为了传承保护,是为了赚取金钱利益! 他们为了迎合低俗观众,随意改变民歌的本意,粗制滥造光碟磁带,招摇撞骗,牟取暴利,把原汁原味的民歌弄得歌不像歌,曲不成曲! 还有的甚至在民歌里掺杂淫秽的东西……大叔看到这些心里疼啊! ——疼啊!

　　铁木尔:唔! 原来大叔的心病在这里啊!

　　安布拉：所以大叔这两年下了狠心，不见这些人! ——不见! 就是不见!

　　铁木尔:可他俩不是您说的那种人,他俩是真正搜集研究民歌的!

　　安布拉:谁也不见,让他们回去吧!

　　铁木尔:大叔! 那姑娘叫塔尔洁斯,是您师妹的女儿,大家都称她"草原白灵"! 那个夏站长,是中央民族学院毕业的高才生,为了研究裕固族民歌,来到咱们县,又要求调往青山乡文化站,您老说说,如果他不是为了传承咱们裕固族文化，能从大城市来咱们这山沟沟里吗? ……

　　安布拉忽然举手叫停：停停停! ——这个夏站长叫什么名字?

　　铁木尔:夏心鸣呀!

　　安布拉：就是经常在报纸上发表研究文章的夏心鸣?

　　铁木尔:是啊!

　　铁木尔:你啊! 咋不早说! 我正准备去拜访他哩!——快请他进来! 快请!

　　安布拉首先往外跑去,铁木尔跟随而去……

34.安布拉家帐篷里(内　黄昏　雨天)

外面下着雨,帐篷里却气氛热烈!

安布拉已经接纳了夏心鸣和塔尔洁斯。夏心鸣和塔尔洁斯脖子上戴着哈达,跟众多牧人坐在帐篷里,倾听安布拉演唱裕固族史诗《黄黛琛》。夏心鸣打开录音机边录边跟随学唱,塔尔洁斯坐在安妻旁边听边帮安妻招待客人。

客人面前的小桌上摆满吃食、奶茶和糖果等,整个帐篷气氛热烈而友好!

安布拉演唱着:

……

美丽的黄黛琛,

你纯洁的灵魂,

好像雨后的彩虹,

谁不愿留在心中……

35.草原 小河湾 溪水边(外 日)

歌王安布拉坐在草滩上弹琴演唱裕固族民歌《黄黛琛》。

塔尔洁斯、夏心鸣和众多牧民坐在他身旁倾听。

夏心鸣将录放机放在安布拉面前,坐在旁边痴迷聆听,并跟随安布拉的演唱哼唱着,不时移动录放机,选择最佳录音效果。

安布拉演唱述说着裕固族黄黛琛姑娘的故事:

……

美丽的姑娘名字叫黄黛琛,

她同勇敢英俊的苏尔丹相恋相爱就要成亲,

恶毒的部落长逼迫她与他结婚,

善良美丽的黄黛琛姑娘死也不从,

……

在歌声中,叠印映出:苍山、草原、白云、湖泊、古城、羊群……

一对恋人骑着白龙马,在草原上奔驰……

凝重的雪山、静穆的大漠,湖水拍击着河岸,发出低回的呜咽……

安布拉演唱讲述到此,声音戛然而止,随之泪水湿润眼睛。

夏心鸣、塔尔洁斯和众人随之神色悲戚,眼睛湿润……

36.医院　门诊部(内　日)

一匹快马顺山坡小路奔向乡医院,冲进院子。

那牧人没等乘马停稳,跳下马叫喊着冲进医院门诊部:医生! 快救人,救人!

柳如烟坐在桌前写什么,抬头问闯进门的牧民:怎么啦?

那牧民:我家小孩得了重病,快去救救她,快去救救她啊!

　　柳如烟:病人在哪里?

　　那牧民:在家,北山草原……

　　柳如烟:北山草原? 听说那地方很远,我不会骑马,能不能把小孩送过来……

　　那牧民:来不及了! 再要耽误,她就没救了,没救了!

　　那牧民着急欲跪,柳如烟忙站起来阻止:不不,不能的,不能的……

　　小刘听此情况跑进来说:柳医生,骑马不难,你能行! ——我给你去备马!

　　小刘忙跑出去备马。

　　柳如烟着急阻止:哎哎,小刘小刘……

37.草原　那牧民家帐篷(内　日)

　　一个小女孩昏迷躺在矮榻上,奄奄一息的样子。

　　几个妇女守护在旁边焦急万分。

　　一老妇人闭着眼睛,嘴里祈祷着什么……

38.草原　小路上(外　日)

　　那牧民牵着柳如烟的乘马飞奔着。

　　柳如烟颠得歪歪斜斜,不断惊叫:停下,停下,我不行了,不行了!

那牧民:坚持坚持！马上就到,马上就到……

柳如烟双手抓着鞍桥,惊恐地闭上眼睛,听天由命的样子。

39.草原　牧民家帐篷前(外　日)

帐篷前围着很多牧民,看到医生来了,欢呼:医生来了！医生来了！……

那牧民打马奔到帐篷前, 没等乘马停住便跳下马接柳如烟,柳如烟已瘫软在马鞍上,他将她搀扶下马,她却站不住倒在地上,牧民望着瘫倒的柳如烟着急地直跳:您咋啦？快救人啊！快救人!

柳如烟:我,我动不了了……

那牧民:天啊！这这这……这咋办啊？

忽然远处传来马蹄声。

有人叫喊:吴院长,吴院长来了!

果然是吴院长骑马赶来了。

那牧民欣喜地叫喊:——吴院长！娃娃有救了!

吴院长跳下马,冲进帐篷……

40.医院大门前(外　黄昏)

吴院长和柳如烟踏着夕照,从草原上向回走。

柳如烟骑在马背上东倒西歪的样子。

来到医院大门前,吴院长下马后将她扶下马,搀着她向宿舍走去。

41.医院　柳如烟宿舍(内　黄昏)

推开宿舍门,吴院长将柳如烟扶进屋,扶到床前坐下。

柳如烟:好了!回家了!歇一歇,等会儿到我家吃饭。

柳如烟无声地摇摇头:不……我,我太累了,实在坚持不住了……

她说着随身倾倒在床铺上,闭上了眼睛,好像一根木头。

吴院长摇了摇头,帮她脱了鞋,打开被子盖上,转身出了门。

42.柳如烟宿舍(内　晚)

一个饭盒摆在桌上,里面的饭菜一动没动。

柳如烟和衣躺在床上,两眼对着前方,想着心事,痛苦而忧闷的样子。

外面传来笃笃笃的敲门声。

柳如烟:谁呀?

门外面:是我。

柳如烟:哦,吴院长……

柳如烟歪歪斜斜地起身打开门,吴院长进来。

吴院长:身体好点没有?

柳如烟:浑身还像散了架……

吴院长:那就好好休息。

吴院长看到桌上饭盒里原封未动的饭菜:呀!都半夜了,送来的饭还没吃啊?(摸摸饭盒)都凉了,我去给你热热!

柳如烟:不用,不用……我,我吃不下去……

吴院长:这咋行呀? 你不能经常饿着肚皮啊!

柳如烟顿了顿,所答非所问地:……吴院长,明天我想去趟县里……

吴院长:哦? 是……

柳如烟:我,我想调走……

吴院长怔住了,半晌抚着柳如烟的肩:草原上缺医少药,作为院长,我从心底里不愿意你走……(沉吟半晌)……好吧,好几个月没去县城了,去转转,散散心也好!

43.医院前　交通车站点(外　晨)

吴院长把挎着小包的柳如烟送到站点前。

一辆交通车驶过来停住,吴院长送柳如烟上车。

吴院长:路上小心!

柳如烟:嗯。

交通车关门,向前驶去,吴院长怅然若失地望着远去的交通车。

乡邮员骑马过来,吴院长上前打招呼:您好! 去夏日塔拉草原吗?

乡邮员:去。

吴院长:能给去那儿采访的夏站长捎个口信吗?

乡邮员:当然可以。

吴院长:请您转告他,他的未婚妻情绪有点不稳定,让他抽空回来一趟……

乡邮员:好的。

乡邮员驱马前行。

吴院长望着乡邮员远去。

44.草原　安布拉帐篷前的草地上(外　日)

帐篷前的草地周围坐着很多牧人,男男女女,或老或少,倾听安布拉演唱史诗《萨娜玛珂》……

塔尔洁斯摆弄收录机录制,夏心鸣在记录本上专注记录……

安布拉演唱过程中不时皱皱眉,拿拳头捶捶腰,这些都被塔尔洁斯看到,她知道老人的腰痛。

乡邮员骑马过来,看到夏心鸣,下马把他叫出人群,传达了吴院长捎带的话后上马走了,夏心鸣的情绪忽然有点低落了。

塔尔洁斯看到夏心鸣情绪低沉,把录音机摆放好后走出人群询问:怎么啦?

夏心鸣:如烟最近情绪不稳定,吴院长让我回去一趟……

塔尔洁斯:又是调动的事?

夏心鸣点头。

塔尔洁斯:那你赶快回去看看,快两个月没回去了!

夏心鸣:可安布拉大叔刚接纳了我们,采访工作刚开始!

塔尔洁斯:这里需要抓紧时间采访,柳医生那儿也要安排妥帖,否则两头都做不好!快回去吧!

夏心鸣摇头。

塔尔洁斯:安布拉大叔患风湿腰腿疼,前天下雨,老人又犯病了,今天他是带病接受我们的采访!你走了,正好让老人家休息几天,我也跟你一道去青山乡,给老人抓几服中药!

夏心鸣恋恋不舍地默认了。

45.草原　医院大门前(外　日)

夏心鸣背着吉他从外面跑进医院叫喊:如烟! 我回来了! 如烟! 我回来了!

无人答应。

吴院长闻声从办公室出来。

吴院长:夏站长回来了?

夏心鸣:回来了!

吴院长嗔怪地：快两个月了，也不回来看看柳医生，我可要批评你了！

夏心鸣嘿嘿笑着：她人呢？

吴院长：昨天去了县城。

夏心鸣：领药？

吴院长所答非所问：最近她情绪波动很大，所以我捎话让你回来。

夏心鸣：嗯……

吴院长：也难怪啊！她是上海长大的，要适应这里的环境真不容易！

夏心鸣沉默不语。

吴院长：我让她在县城多玩两天，散散心，回来后你好好劝劝她。

夏心鸣点头。

夏心鸣走出医院大门，牵着马低垂着脑袋向文化站走去。

46.县城　大街（外　日）

县城大街上行人来往，有骑马的，赶牦牛的，车辆穿行，熙熙攘攘。

柳如烟情绪低落地从县政府大门走出来，在大街上无目标地行走，忽然有人从后面在她肩上拍了拍，她转身望着对方，忽然惊叫：啊！是你，是你啊！

面前是一个跟她年龄差不多的男子，不过肚皮腆起,有点发福。

那男子笑眯眯地:老学妹,没想到吧?

柳如烟:真没想到!（打量着对方)好个王希胜,两年多不见,将军肚都起来了,看来现在发达啦!

王希胜:哪里哪里,小荷才露尖尖角!

柳如烟:听说你在深圳发展,怎么到这里来了?

王希胜:如烟啊! 你就让我站在大街上说话啊?走,我请你去酒楼好好聊聊!

王希胜拉起她向酒楼走去。

47.酒楼大厅　茶座(内　　日)

雅致幽静的茶楼,有假山、竹林、小桥、水流……

一首抒情小曲在茶厅似有似无,萦绕飘扬,更显清静、悠闲……

柳如烟和王希胜坐在靠窗的茶座前边喝茶边闲聊。

柳如烟:……看来你这两年发达了!

王希胜:发达倒没有,就是倒腾的钱儿比上班族多点,一年收入这个数!

王希胜伸出三个指头。

柳如烟:三,三万? 哎呀! 是我几年的工资啊!

王希胜:如烟,你也太小看我王希胜了吧? 再加个零!

柳如烟震惊:啥啥?三十?三十万……

王希胜:在深圳,像我这样的收入根本不算什么,有的上百万,上千万……

柳如烟呆愣愣地望着王希胜,好像看天外来客。

王希胜端起桌上的杯子:发什么呆?来,我们喝酒!

柳如烟:哦,哦……(端起酒杯)

王希胜跟她碰一下杯喝下去,柳如烟抿了一小口。

柳如烟:希胜,你在深圳搞什么生意?

王希胜:建筑工程、商品流通,医药器具,总之,啥能赚钱就搞啥!

柳如烟:这次来这里……

王希胜:听说这里有很多金矿、煤炭、药材什么的,我来考察考察,如果能赚大钱,我们准备投资开发,还有一件大事……

柳如烟:什么?

王希胜深情地望着柳如烟:暂时不告诉你!

柳如烟:哦……

48.文化站　夏心鸣宿舍(内　日)

宿舍门打开,一缕阳光扑进房屋地上。

夏心鸣进门望着空荡荡的房屋,愣怔了半晌,将挎包挂在墙上,拿擦布擦桌子和椅子,从挎包里掏出录放机放出《萨娜玛珂》，随着音乐谱写起来……

49.县城酒楼　茶座（内　傍晚）

　　王希胜：如烟！外面的世界很精彩，快走出去吧！

　　柳如烟：我这次来县里，就是跑调动的。

　　王希胜：终于开窍了！来！为你迈出第一步干杯！

　　王希胜喝下大半杯，柳如烟跟着喝了半杯。

　　王希胜放下杯子：我们都是人，谁不想生活在优裕的环境里？谁不想过好日子？趁现在人才到处流动，赶快离开吧，机不可失，时不再来！

　　柳如烟：……

　　王希胜：心鸣这个人真是，看起来聪明，当初不知中了什么邪？把你带到这样的地方！

　　柳如烟：当时我头脑也有点发热……

　　王希胜感叹：当年的校花，男生心中的女神。在大学里我追了你两年，最终没有追上！虽然我比你早两年离开校园，可一直关注着你，去年你毕业时，我准备动员你去深圳，谁料心鸣把你带到了草原上……如烟，你知道吗？这次我千里迢迢来这里主要是看望你！

　　他抓住了她的手。

　　柳如烟震颤一下：希胜，你醉了？

　　王希胜：不，是我的心醉了……

　　柳如烟抽回手：过去的，就让它过去吧！

王希胜:不! 我要找回来! 当年你拒绝了我,我好像被抽掉了精神支柱,整整躺了三天三夜,最后我下决心以后挣大钱,等出人头地了,再来找你!

柳如烟:看你……

王希胜:如烟,最近我在深圳新开张了一家医药公司,名字叫希胜医药公司,经理的位子一直给你留着,报酬自然也不会低,年薪五万!

柳如烟震惊无语。

王希胜:我相信你会在这个位置上发挥更大的作用,日子过得更加幸福美满! 明天就跟我去深圳!

柳如烟:这是大事,要跟心鸣商量商量的……

王希胜:夏心鸣就是一大傻帽!

柳如烟:希胜,不能这样说……

王希胜:不是吗? 他要不傻帽,会把你带到这样的地方? 我们几个都是一个弄堂长大的,我知道他的性格,你要跟他商量,等于我给你白说了! 好了,给你两天时间考虑考虑,我在这里等你。考虑好了马上跟我走,不想去,我也不勉强!

柳如烟怔住了。

50.医院前的站点(外　日)

一辆交通车沿简易公路向前颠簸行进, 柳如烟坐在车里沉思。

交通车进入青山乡,在医院门前的站点停住,有人叫喊"下车了",柳如烟如梦惊醒,提着大包小包的东西下了车,交通车继续向前行驶。

柳如烟提着东西向医院走去。

51.文化站　夏心鸣宿舍兼办公室(内　日)

夏心鸣趴在桌上谱写曲谱,全神贯注的样子。

有人在他面前的桌子上放下一个苹果,夏心鸣抬头看,是柳如烟。

夏心鸣:如烟回来啦!

柳如烟:我都进屋大半天了,你连一点感觉没有!

夏心鸣:一忙起来,啥都忘了!

柳如烟:啥时候回来的?

夏心鸣:昨天。

柳如烟:我以为你忘了回来的路。

夏心鸣:尽胡说。

夏心鸣把柳如烟揽到怀里打量着:嗯? 去县城两天就变得漂亮洋气了!

柳如烟:优美的环境养人!

夏心鸣:吴院长不是让你多玩几天,怎么这么快就回来了?

柳如烟:有事跟你商量!

夏心鸣:啥事?

柳如烟:先吃东西,咱们边吃边说!

柳如烟从包里往外掏面包、饼干、麦乳精、榨菜、大白兔、苹果、方便面……转眼桌上堆满吃的。

夏心鸣笑着:你把人家商店都搬空了吧?

柳如烟嘻嘻笑着:吃吧!

柳如烟把一块面包递给他,夏心鸣接过面包边吃边问:什么事,说吧!

柳如烟:——我已经联系好了单位,我们可以马上走!

夏心鸣:走?(放下面包,停止咀嚼,认真起来)不是说好再不提走吗?

柳如烟:外面的形势都大变了,你我还钻在山沟里干啥?不能再傻帽了!

夏心鸣:啥话嘛!

柳如烟严肃地:心鸣,不要嘻嘻哈哈!我跟你认真说事呢!

夏心鸣也认真起来,抚着她的肩:如烟,我还是那句话,不要再提走的事,草原上需要我们!最近我在草原上搜集调查民歌,发现裕固族文化底蕴非常深厚,(兴奋地)简直就是文化宝藏!需要我们挖掘整理,传承发展!

柳如烟:反正我不愿呆了!我妈妈又来信了……

夏心鸣:如烟,听我的话……

柳如烟:——我已决定了!你走不走,今天必须给我一个明确回答!

夏心鸣:我不想离开!

柳如烟无奈地:你!……

两人怔在那儿,沉默不语。

半晌,柳如烟又认真地问:我最后再问你一次,你走还是不走?

夏心鸣:我不是已经说了……

柳如烟绝望地:——你!你!(她气恼而焦躁,在地上团团转,忽然看到书柜里有瓶红酒,拿起来打开欲喝却停住,抑制镇静着情绪)好了,不说了……

夏心鸣:不走了?

柳如烟:先不提这个……(拿过酒)来,我们喝酒……

柳如烟从旁边拿起两只纸杯,咕嘟嘟地倒满,端起一杯递给夏心鸣,自己端起一杯:来!干杯!

夏心鸣惊异不解地望着柳如烟:你这是怎么啦?

柳如烟努力微笑着,带着讥讽的口吻:为你这几个月的丰硕收获干杯!

柳如烟碰一下夏心鸣的酒杯,一口喝下去。

夏心鸣惶惑地望着柳如烟,迟迟疑疑没有喝……

柳如烟又倒满自己的酒杯端起来:来,这杯敬你! 感谢这大半年时间, 你对我的关照爱护!

夏心鸣忽然发现哪儿不对劲: 你, 你这是干啥? 生离死别似的?

柳如烟: 这几个月你辛苦了, 让你多喝点酒, 今晚睡个好觉!

夏心鸣: 你真不走了?

柳如烟: 刚才不是说好不提了?

夏心鸣忽然高兴起来: 那就好! ——喝酒! 喝酒!

夏心鸣举杯喝下酒⋯⋯

52.文化站　夏心鸣宿舍(内　晚)

柳如烟和夏心鸣频频举杯喝酒, 夏心鸣有点醉了⋯⋯

天黑了, 柳如烟拉开床头的台灯, 把夏心鸣扶坐到床上。

夏心鸣兴奋激动的样子: 太激动了, 想飞, 飞起来!

柳如烟: 那就飞吧, 飞吧!

柳如烟坐在他身旁。

夏心鸣: 如烟, 你不走, 我太高兴了, 高兴死了!

柳如烟: 又说这个⋯⋯

夏心鸣: 好好, 不说不说。让我好好看看你, 快两个月没好好看看你了……

夏心鸣捧起柳如烟的脸深情望着，柳如烟也深情期待地望着他。

夏心鸣:如烟,今晚你真漂亮,好像新娘!

柳如烟:喝醉了不是?

夏心鸣:如烟,我们结婚吧!

柳如烟点了点头。

夏心鸣似不相信:同意了? 我不是在做梦吧?

柳如烟:不是。

她顺势倾倒在他胸前,夏心鸣忽然愣住了,半晌搂住她倾倒在床上……

床头的台灯熄灭了。

53.乡镇 夏心鸣宿舍(内 晨)

窗外,早晨的阳光普照着高低错落的房屋建筑,树林里鸟儿鸣叫着,远处传来早操乐曲。

夏心鸣沉浸在睡眠中, 外面传来的早操音乐将他惊醒,他向身旁看了看,见柳如烟不在,却看到桌上放着一张纸,拿起来看,纸条上写着:"心鸣:你好! 当你醒来的时候,我已乘坐去兰州的交通车走了。如果你还爱我, 就马上离开, 来深圳希胜医药公司找我。爱你的柳如烟。"

夏心鸣大叫:如烟——

他忙起身穿衣下床,疯了似的一头冲出宿舍门……

54.医院门前　院子里(外　晨)

夏心鸣发疯似的向乡医院奔跑,冲进医院大门。

吴院长正好来上班,见此情景忙问:夏站长怎么啦?

夏心鸣顾不得回答,朝柳如烟宿舍跑去,吴院长紧跟了上去。

夏心鸣推开柳如烟的宿舍门向里观看,宿舍空无一人,返身往外奔跑。

吴院长:怎么啦?怎么啦?

夏心鸣边往前跑边回答:如烟她,她……

夏心鸣冲出医院大门,见前面的马桩有匹马,二话不说跳上马背冲出去。

塔尔洁斯骑马从远处走来,见此情景,下马询问吴院长:他怎么啦?

吴院长:柳医生走了!

塔尔洁斯望着夏心鸣骑马发疯狂奔的样子,惊叫:要出事!

塔尔洁斯跳上马,驱马追赶,转瞬不见人影了。

55.山间　小路上(外　日)

夏心鸣打马飞奔,穿过草丛、灌木乱石,拐过山脚。

塔尔洁斯打马追赶着,边呼喊着:夏站长! 怎么啦? 站住! 站住——

夏心鸣似没有听到,仍打马向前狂奔。

塔尔洁斯意识到发生了什么事,紧紧追赶不放!

56.山口高坡上(外　日)

夏心鸣打马飞奔,塔尔洁斯紧紧追赶。

夏心鸣驱马奔向山口外的高坡,看到山坡下的公路蜿蜒远去,路上没有交通车踪影,失望地勒马停住。

乘马浑身大汗,如同水泼!

塔尔洁斯从后面驰马追赶上来,停在夏心鸣身旁,顺着他的目光望着山下远去的公路,渐渐明白发生了什么事。

夏心鸣呆望着山下的公路,忽然身躯摇了摇从马背上摔下来。

塔尔洁斯惊呼:夏站长!

塔尔洁斯跳下马,背起夏心鸣,拉着马往回走……

(回忆完毕)

(回到现实中)

57.草原　会场　草地上(内　外)

夏心鸣从痛苦的回忆中出来, 拿出手绢擦着眼睛。

会场上彩旗飘飘,游人如织。"夏日塔拉草原欢迎您"标语横幅,随风飘动。

夏晓晨激动地:好美！好热闹啊！

夏晓晨陪夏心鸣步入歌舞的海洋，边观赏歌舞边寻找塔尔洁斯，父子俩不知不觉被人群挤散。夏心鸣东瞅西望寻找，忽然前面传来《裕固族姑娘就是我》歌声:

哎,裕固族姑娘就是我,

哎,姑娘我心中歌儿多……

夏心鸣惊喜地:啊！塔尔洁斯！

他急忙向前面挤过去。

58.歌舞场上(外　日)

一群姑娘小伙围成圆圈正在歌舞。

中间有个裕固族姑娘正在演唱《裕固族姑娘就是我》,大伙儿随着她的歌声边唱边舞。那姑娘二十二三岁,漂亮美丽,又带点书生气;她歌声悠扬,舞姿优美,赢来游人和观众的阵阵喝彩！

红缨帽子头上戴,

哎,珍珠项链我戴过……

夏心鸣忙穿过人群挤上去，看到那姑娘忽然惊叫:……啊！如烟？如……(他揉了揉眼睛又看看,不由自主冲入圈内，抓住那姑娘的胳膊连连叫着）如烟，如烟……

那姑娘面对突如其来的陌生人：您，您认错人了，我不叫如燕……

跳舞唱歌的年轻人都停住，交头接耳，议论纷纷。

夏心鸣语无伦次：那，那你，你认识一个叫柳如烟的人吗？

那姑娘摇头：不认识……

夏心鸣仔细打量观察着姑娘：太像，太像了……

旁边有个小伙子有点醉酒，见夏心鸣缠着姑娘，走过来阻止：老人家，您啥人？老牛想吃嫩草啊？

大家哄堂大笑。

夏心鸣：不不，我是看这位姑娘像一个人……

那小伙：啥话？她怎么就不像人？

夏心鸣：我是说这位姑娘，很像我以前的未婚妻……

那小伙：哈哈，你都多大年龄了？人家姑娘才二十出头，是县文工团歌唱演员，挨得上吗？快走吧，妨碍我们唱歌跳舞！

夏心鸣准备离开，向前走了一步，又回头问：姑娘，刚才你唱的歌是哪学的？

那姑娘：阿妈教的……

夏心鸣:那你阿妈叫?

那姑娘:叫格桑!

夏心鸣:格桑?

夏心鸣有点失望,又要仔细询问,那个小伙子有点不耐烦地要让他走开。

那小伙:哎,我说您有完没完?我们在这儿唱歌跳舞,您捣啥乱?走吧走吧!

他要轰夏心鸣走开。

夏晓晨拨开人群,看到那小伙子轰赶爸爸走,赶紧抢上去推开他:你要干啥?

那小伙子见夏晓晨干涉,挽着衣袖欲干仗。

那姑娘见是夏晓晨,惊喜地:呀!晓晨,是你啊!

夏晓晨也惊喜地:啊,梅朵!梅朵!

夏晓晨握住梅朵姑娘的手。

梅朵姑娘向那小伙子介绍:他叫夏晓晨,是我大学同学,男朋友!(又给夏晓晨介绍那小伙子)他是我们文工团演员,刚才跟这位(指着夏心鸣)叔叔闹了点不愉快……

夏晓晨:爸,他跟您闹事?

梅朵惊怔:爸?!他,他是你爸啊?

夏晓晨:是我爸!

梅朵不好意思起来:这,这……

夏晓晨把梅朵拉到夏心鸣面前:爸,这就是梅朵,我的女朋友!

　　夏心鸣:哦,哦,呵呵呵……

　　梅朵:夏叔叔好! 刚才,刚才……

　　夏心鸣:刚才不认识,现在认识了,不打不相识嘛!

　　大伙儿笑起来。

　　那小伙听到夏晓晨是梅朵的男朋友,悄悄放下拳头。

59.草原　会场旁　湖边(外　日)

　　湖水浩渺,碧波荡漾。

　　夏心鸣在湖畔行走自语:奇了怪了,梅朵怎么就像如烟? 怎么就像如烟……

　　他摇着头,又进入往事的回忆中……

　　画外夏心鸣音：柳如烟走了, 我最终没有追上她,我知道她此去不会再回头了,便返回夏日塔拉草原继续搜集民歌工作。那段日子,我痛苦忧伤,精神恍恍惚惚……

　　(闪回)

60.草原　塔尔洁斯家旁的小山岗(外　傍晚)

　　山岗顶上有石头垒就的煨桑台,经幡飘摇。

　　夏心鸣手里拿着柳如烟留下的纸条, 坐在山岗上呆望远处。

塔尔洁斯从帐篷里出来，见此情景登上山岗来到夏心鸣身旁。

塔尔洁斯：去趟深圳吧，把柳医生劝回来！

夏心鸣沉默不语。

塔尔洁斯：让您去趟深圳，都说了多少次，咋就不听？

夏心鸣：我们不是正忙吗？

塔尔洁斯：再忙，也没有这事大！——马上去，明天就动身！

夏心鸣发呆不语，半晌：俗话说，是自家的鸟儿飞出去总会回来，不是自家的，就是关在笼子里迟早也会飞走！浪费时间去寻找，有用吗？

塔尔洁斯：你呀！真拿你没有办法！

塔尔洁斯转身走下山岗，夏心鸣茫然地望着……

61.草原　山林里(外　日)

塔尔洁斯和夏心鸣在山路上攀爬，到半山腰的小树林旁，塔尔洁斯指着前面的大山说：……安布拉大叔家刚刚搬到秋季草场，翻过这座山就到了！

夏心鸣一直有点恍恍惚惚，不时发呆。

塔尔洁斯见此情景，摇了摇头，叹道：歇歇吧！

塔尔洁斯坐在旁边的石头上，夏心鸣随之坐在草地上。

塔尔洁斯：把前些天采录的《萨娜玛珂》放出来听听。

夏心鸣：嗯……

夏心鸣从身旁的挎包里掏出录放机递给塔尔洁斯，塔尔洁斯接过录放机，摁下放音键，放出了安布拉演唱的《萨娜玛珂》……

塔尔洁斯随着演唱，讲述《萨娜玛珂》故事……

塔尔洁斯：这首民歌颂扬和缅怀裕固族历史上的一位女英雄……

夏心鸣见她讲民歌内容，从挎包里掏出《采访本》做文字记录。

塔尔洁斯：……这位女英雄是一个部落头目的妻子，名字叫萨娜玛珂，她美丽漂亮，足智多谋，勇气过人，在一次抵御外敌侵略战争中，为了捍卫部落的独立和尊严，带领部族与敌人展开殊死战斗，赢得人们的信赖和赞扬，但她不幸身负重伤，最终献身！这首歌是裕固族人民对女英雄萨娜玛珂的颂扬和怀念……

塔尔洁斯讲完了，仍沉浸在女英雄的悲壮事迹中……

夏心鸣记录完，顺手把《记录本》放在身旁的草地上,又望着远处发呆。

塔尔洁斯见此情景又摇了摇头,叹气自语:又发呆……

录音机发出嘶嘶的空转,塔尔洁斯关掉录放机起身。

塔尔洁斯:咱们走吧!

夏心鸣似没有听见,仍望着远处发呆。

塔尔洁斯双手做喇叭,提高声音:夏站长——

夏心鸣惊怔:啊! 哦! 怎么啦?

塔尔洁斯:叫你,你怎么没反应?

夏心鸣苦笑摇头。

塔尔洁斯埋怨:让你去深圳把她劝回来,你不去,让你跟她去深圳,你也不去,可你又放不下她,整天发呆……

夏心鸣苦笑。

塔尔洁斯:好了,走吧,天黑前我们一定要赶到大叔家!

塔尔洁斯将录放机给夏心鸣,向山顶攀爬,夏心鸣将录放机装进挎包跟上去,《记录本》却遗忘在草丛中。

他俩顺山野小道攀爬着,黄昏时分爬到了山顶。

山下,有一座牧民帐篷炊烟袅袅,帐篷、羊栏等笼罩在夕照里。

塔尔洁斯:啊!到啦!到啦!

夏心鸣也激动地笑了!

62.草原　安布拉家帐篷(内　傍晚)

夏心鸣坐在帐篷的地毡上,塔尔洁斯坐在左边,面前的小桌上摆满吃的东西。

安布拉边吃喝边感谢塔尔洁斯:……服了你开的几服草药,我这腰腿疼病好多了!谢谢,谢谢好姑娘!

塔尔洁斯:谢啥,这是应该的!以后继续服药,病情保准好转!

安布拉:好好好!

安妻:孩子们对你多好!你要好好地唱,把肚子里的歌全倒出来!

安布拉哈哈笑着:好!开始工作吧!

夏心鸣从挎包掏出录放机,又要掏《记录本》时,发现《记录本》不在了。

夏心鸣:记录本怎么不见了?!

他在挎包和衣服兜里翻找,又在座位左右寻找,却没有找到,有点傻眼了。

塔尔洁斯:回忆回忆,放哪儿了?

夏心鸣回忆着,却回忆不起来。

塔尔洁斯:咱们赶快顺路去找!这是咱们的采访

记录,丢了就等于这段时间白辛苦了!

夏心鸣望着窗外:可,天已经黑了,明天再去
……

塔尔洁斯:不行!要是今晚山上下雨,被雨水泡坏或者被山风刮到山崖下就彻底完了!

63.山坡上(外 夜)

塔尔洁斯和夏心鸣顺来路寻找,塔尔洁斯打着手电筒照着路径。

夏心鸣边寻找边自责:都是我,都是我粗心大意
……

塔尔洁斯:不要说了,仔细找……

夏心鸣闭上嘴,左右寻找。

沟坎、怪石、灌丛、荆棘、乱草……

他俩凭着手电的亮光,在沟坎乱石荆棘中磕磕绊绊、趺趺跄跄寻找前行。塔尔洁斯几次绊倒爬起来,夏心鸣也几次绊倒爬起来。前面是个陡坡,塔尔洁斯刚下到半坡,脚下打滑摔倒,随着碎石滚下坡,手电筒摔到一边。

夏心鸣惊叫着跑上去扶她坐起来,捡起手电筒:伤着没有?伤着没有?

塔尔洁斯:没,没有事……

夏心鸣愧疚地:我真浑,真没用,让你吃了这么

大苦……

塔尔洁斯有点不耐烦地:让你不要说,咋又说?

夏心鸣闭上了嘴。

塔尔洁斯扶着身旁的石头站了起来。

夏心鸣回忆着,忽然惊喜地叫起来:啊! 想起来了,想起来了!《记录本》肯定丢在咱们休息过的那个树林旁了,你歇着,我去找……

他朝那里跑去。

塔尔洁斯拿起手电筒:带上手电!

夏心鸣回头拿上手电筒跑了。

塔尔洁斯歪靠在岩石上……

64.小树林旁(外　夜)

夏心鸣磕磕绊绊来到那片小树林旁,手电光照见草地上的《记录本》,他捡起《记录本》贴在胸前兴奋地叫喊:找到啦! 找到啦!

他拿着记录本,返身往回攀爬。

65.山坡上(外　夜)

夏心鸣回到山坡上,高兴地叫喊着:找到了,记录本找到了!

塔尔洁斯背靠山坡躺着,半天不应声。

夏心鸣忙蹲下撩起她的额发,发现额头鲜血涌流:啊! 你受伤啦!

他忙从挎包里掏出纱布,包扎伤口,接着背起塔尔洁斯往山下跑……

66.医院　病房床上(内　晨)

挂在输液架上的液体瓶静静滴落着。

塔尔洁斯额头上包裹着白纱布,两眼紧闭,昏沉沉躺在床上。夏心鸣低垂着头,在旁边守着,老阿妈进来,他忙起身。

夏心鸣:老阿妈……

老阿妈:去歇歇吧,都一天一夜没合眼了。

夏心鸣:没事! 唉,全怪我,全怪我! 让塔尔洁斯摔伤了……

老阿妈安慰:也怪她不小心!

她守在塔尔洁斯身旁,默默望着女儿。

液体静静滴落着,塔尔洁斯慢慢睁开了眼睛。

夏心鸣惊喜地:醒了! 醒了!

老阿妈欣喜地:啊哦,醒了,醒了,真醒了!

老阿妈欣喜地拂着塔尔洁斯的头, 拍了拍女儿的脸蛋跑出门!

太阳从东山之巅升了起来。

老阿妈站在门前对东方升起的太阳欢呼:——我的女儿醒啦!

（回忆完）

（回到现实中）

67.草原　湖畔　草滩(外　日)

　　夏心鸣向前走着,回忆着……

　　画外夏心鸣音:我在悲伤的思念中走过了秋冬,迎来了夏日塔拉草原第二个春天……

（闪回）

68.草原　塔尔洁斯家旁的小溪边(外　日)

　　溪水解冻奔流,草滩上鲜花开放了。

　　塔尔洁斯在溪边往小水桶里舀水。

　　夏心鸣骑着马,肩背吉他走来,老远呼叫:塔尔洁斯,我来啦——

　　塔尔洁斯听到马蹄声直起腰,见是夏心鸣欣喜地摇手呼喊:夏站长!

　　夏心鸣策马奔跑过来,在塔尔洁斯面前跳下马。

　　夏心鸣:你好吗? 老阿妈好吗?

　　塔尔洁斯:都好! 好!

　　夏心鸣:报告你个好消息! ——安布拉大叔要收我俩为徒,做他的民歌传承人! 老人家通知我们今天去他家!

　　塔尔洁斯:太好了! 这是春天带给我们的大喜

事！我们马上就去！

塔尔洁斯提起水桶往回走,夏心鸣顺手接过去:我来!

塔尔洁斯没有推辞,和夏心鸣向帐篷走去。

塔尔洁斯:柳医生有信儿吗?

夏心鸣:来过两封,劝我去深圳,我没有回信,她也就不再来信了。

塔尔洁斯:她离开快一年了……

夏心鸣:现在不盼她的信了!

塔尔洁斯:咋?

夏心鸣:我也说不清……

塔尔洁斯:其实草原上好姑娘多的是,柳医生如果真跟你散了,我帮你找个漂漂亮亮的姑娘!

夏心鸣:开什么玩笑?

塔尔洁斯:真的,我都想嫁给你,只是我不漂亮,文化又低,配不上你!

夏心鸣:你是草原上最美最善良的姑娘,是你看不上我吧?

塔尔洁斯:去你的!

她羞涩地独自向回走。

夏心鸣望着她的背影笑了。

69.草原　塔尔洁斯家帐篷前(外　日)

夏心鸣肩背吉他和塔尔洁斯准备乘马出发,老阿妈出门送别。

老阿妈:孩子,路上小心,让菩萨保佑你们!

塔尔洁斯准备扶夏心鸣上马,乡邮员骑马来了:夏站长,——你的信!

夏心鸣:信?……

塔尔洁斯听到信,扶着夏心鸣胳膊的手慢慢垂下去。

夏心鸣迎着乡邮员跑了几步,忽然慢下来,似乎每走一步都很艰难。

塔尔洁斯情绪陡然低落,心事重重向小溪走去。

老阿妈见女儿的样子,叹声:唉,这女子咋啦?

夏心鸣从乡邮员手里接过信,却没有打开,半晌才打开取出信件,原来是一份报纸,展开看,欣喜叫喊:啊!是是是……(挥舞着报纸向塔尔洁斯跑去)快来看!快来看!

70.草原　小溪旁(外　日)

塔尔洁斯站在小溪旁,望着溪流发呆。

夏心鸣跑上去:报告你个好消息!

夏心鸣把报纸展在她面前,"《谈裕固族民歌挖掘整理和传承发展》"字样展现眼前。

塔尔洁斯陡然欣喜:啊!你的文章发表啦!(夺过

报纸,蹦跳起来)啊!发表了!发表了!太好了!太棒
了!太敬佩了!

塔尔洁斯激动地蹦跳着,几乎拥抱夏心鸣。

帐篷门前,老阿妈见塔尔洁斯高兴的样子讷讷
自语:这丫头,一阵哭一阵笑一阵闹的!

老阿妈摇了摇头,去凉棚下捣酥油杵。

夏心鸣:看你高兴的!

塔尔洁斯:当然高兴,这是春天带来的第二件大
喜事!

夏心鸣:那你刚才怎么了?

塔尔洁斯失口:我以为是柳……(觉察失口,忙
打住)……啊?怎么还有我的名字?

她看到文章上有她的署名。

夏心鸣:这是我俩共同劳动的结果啊!

塔尔洁斯:是你写的,我没写一个字!

夏心鸣:好了,不说了。我们抓紧上路吧!

塔尔洁斯要扶夏心鸣上马,夏心鸣阻止:我自己
行!

塔尔洁斯:**扶客人上马,是我们裕固族人的习
惯!**

夏心鸣:我是客人吗?

塔尔洁斯笑了!

71.草原　安布拉家帐篷里(内　日)

安布拉家坐满左邻右舍亲朋好友，大家弹唱着喜庆的歌曲,气氛隆重而喜庆。

塔尔洁斯和夏心鸣脖子上戴着白色哈达，坐在上首与大家拍手合唱。安布拉穿戴崭新,激动地宣布家庭聚会事项。

安布拉:今天是个大喜日子!——老汉我要收塔尔洁斯和夏心鸣为徒!

塔尔洁斯和夏心鸣激动地起立鼓掌，大家随之鼓掌喝彩"好好好!"

安布拉:……老汉我从六七岁就开始传唱民歌，直到现在,七十多年,从未间断!金钱财宝,没有半点,却装下一肚子两肋巴民间歌谣!

塔尔洁斯和夏心鸣激动鼓掌，大家跟着鼓掌喝彩!

安布拉:这些年我老了,时常担忧没人把这些宝贵的东西继承下去，现在好了，终于有了传承人!——我高兴,激动啊!

众宾客鼓掌喝彩。

安妻手里端着个漂亮盒子,立在安布拉身旁。

安布拉从她手里接过盒子,转向塔尔洁斯和夏心鸣。

安布拉:这是我录制的几盘歌带,是我六七十年的积累,现在传送给你俩,希望你们把它传承下去!

塔尔洁斯和夏心鸣接过歌带盒。

塔尔洁斯和夏心鸣异口同声:大叔放心! 我们一定会传承下去的!

安布拉老眼里溢出了泪水,抓住塔尔洁斯和夏心鸣的肩,激动赞叹:好! 好! 好! 这下老汉我就放心了!

众宾客鼓掌叫好,拍手齐唱喜庆歌。

有几个姑娘和小伙随着歌声跳起舞来……

安布拉拂着银狐高兴激动地笑着……

72.草原　小路上(外　日)

夏心鸣和塔尔洁斯并辔前行,兴奋欣喜地往回走。

夏心鸣:……今天太高兴,太激动了!

塔尔洁斯: 大叔把传承发展的希望寄托在我们身上,担子可不轻啊!

夏心鸣:咱们先把搜集调查的资料整理成书,印刷出版!

塔尔洁斯不知想什么,忽然默默无言了。

夏心鸣:想啥呢?

塔尔洁斯:以后你会不会突然飞走?

夏心鸣:飞走?

塔尔洁斯:去省城、上海、北京啊! 你已经是大名人了!

夏心鸣:我是草原人,要飞,就在草原上飞,在草原的蓝天上飞翔!

夏心鸣说着扬鞭策马飞奔,塔尔洁斯咯咯笑着,驱马跟上去,洒下一路欢笑!

73.草原 山野里(外 日)

塔尔洁斯和夏心鸣顺着一条山谷向前行走。

突然,天气骤变,沟谷上空乌云翻滚。

塔尔洁斯:糟糕! 天变了,要下雨!

夏心鸣把吉他和装着歌盘的背包,从背上转过来抱在怀里。

塔尔洁斯:前面有个岩洞,过去躲躲!

大雨倾盆而下,他俩策马冒雨奔跑……

74.山崖下的岩洞(内 雨日)

塔尔洁斯和夏心鸣来到山崖下,跳下马钻进岩洞。

他俩的衣服全被雨水浇湿,塔尔洁斯冷得打战。

夏心鸣捡来柴草,从挎包里掏出打火机燃起篝火:快过来烤烤……

塔尔洁斯凑到篝火跟前烤火,但身上的衣服全部湿透,还是冻得发颤。

夏心鸣脱下衣服拧着雨水在火堆上烤,从挎包里掏出一件衬衫准备换上,见塔尔洁斯冻得打战,把衬衫递给她:给,把衬衫换上……

塔尔洁斯:我……你咋办?

夏心鸣:我是男人不怕冷!

夏心鸣把衬衫塞到她手里,塔尔洁斯拿着衬衫迟疑不动,他起身向外走去。

塔尔洁斯:外面雨大,不要出去,不要……

夏心鸣好像没听见,走出岩洞。

塔尔洁斯怔了怔,动手解衣扣……

75.岩洞口外旁(外　雨日)

夏心鸣站在岩洞旁的崖壁下,任倾盆大雨泼洒。

76.岩洞里(内　雨日)

塔尔洁斯脱下湿衣服换上衬衫向外喊:换好了,进来,快进来!

洞外没有回应,只有大雨倾泼的声音。

塔尔洁斯跑出岩洞门,见夏心鸣仍站在岩洞旁,雨水从他头上脸上流下,一把将他拉进岩洞,顺势扑到他怀里,夏心鸣为之一怔,接着拥抱……

77.草原　塔尔洁斯家帐篷前(外　傍晚)

夏心鸣和塔尔洁斯骑马默默往回走，来到帐篷前默默下马拴缰。

老阿妈走出帐篷,见他俩不声不响的样子,不解自语:这俩孩子咋啦?

夏心鸣拴好乘马,向自己的小帐篷默默走去。

老阿妈:哎,夏站长,吃饭,吃饭了……

夏心鸣:阿妈,我马上就过来……

塔尔洁斯望着夏心鸣,见他进小帐篷,才走进了大帐篷。

78.塔尔洁斯家帐篷(内　傍晚)

塔尔洁斯进了帐篷,双手捂脸停了一会儿,拿起擦布默默擦起桌子来。

老阿妈进了帐篷,让她去叫夏心鸣过来吃饭:去,叫夏站长吃饭。

塔尔洁斯仍默默擦着小桌,好像没有听到。

老阿妈:塔尔洁斯!

塔尔洁斯惊醒:哦!阿妈……

老阿妈:让你去叫夏站长吃饭。

塔尔洁斯:哦,哦……不用,他自己会过来。

老阿妈审视着女儿,半晌问:有心事?

塔尔洁斯摇头:……

老阿妈:你骗不过阿妈的眼睛……

塔尔洁斯不置可否:……

老阿妈念叨着:夏站长是个顶好的小伙子,如果喜欢,就大胆追求!

塔尔洁斯:阿妈……

塔尔洁斯扑到老阿妈怀里,眼睛里涌出幸福喜悦的泪花!

老阿妈抚着塔尔洁斯的头。

79.草原 蓝天 白云 空镜头(外 日)

草原上牧草葱绿,鲜花盛开,遍野牛羊,移动飘游。

夏心鸣和塔尔洁斯策马并辔,在草滩花丛中奔跑,两只雄鹰在蓝天盘旋飞翔。

80.塔尔洁斯家帐篷(内 黄昏)

老阿妈在家绣织一件鲜红而活泼的婚礼用品。

塔尔洁斯从外面进了帐篷问:阿妈,忙啥呢?

老阿妈:准备结婚用的东西!

塔尔洁斯过去将脸贴在阿妈肩上:阿妈真好!

老阿妈抚着女儿的头发:该准备的都准备好了,啥时候办?

塔尔洁斯:明天我们去乡政府登记,领了证,挑个好日子就办!

老阿妈:现在正是花朵盛开的季节,满山遍野的鲜花会为你们祝福的!

81.乡政府大门口(外 日)

乡政府大门旁挂着醒目的"青山乡人民政府"标牌。

夏心鸣和塔尔洁斯穿戴崭新,欢喜地向乡政府走去。乡邮员骑着马出现在街旁,看到夏心鸣,叫喊着:夏站长,您的信,挂号信!

夏心鸣和塔尔洁斯停住。

塔尔洁斯:又寄报纸了,最近你发表的文章真多。

乡邮员过来下马,从邮袋里掏出信,交给夏心鸣。

夏心鸣在登记本上签了字:谢谢!

乡邮员上马走了。

塔尔洁斯凑上去:不像是报纸。

夏心鸣翻看着信:是信,兰州来的……

塔尔洁斯:兰州?

夏心鸣打开信封,取出信件:调函?

夏心鸣念着:兹决定调夏心鸣同志去北京民族艺术研究院民歌研究所……

塔尔洁斯：调你去北京？

夏心鸣盯着调函反复看，半晌没有反应，将调函给塔尔洁斯看。

塔尔洁斯反复读着调函，也似不相信。

身后有人叫喊：夏站长，夏站长！

夏心鸣和塔尔洁斯转身看，是乡文化站李干事。

夏心鸣：有事吗？

李干事：省局刚刚来电话，通知你马上去北京报到！听省局说已经给你发了调函，收到了吧？

夏心鸣：收到了！

塔尔洁斯把调函给夏心鸣。

李干事：听说这是新成立的单位，在全国选调了5名民歌研究人才，你是其中之一，真不简单啊！我们一个乡文化站，出了大人才，真羡慕你！塔尔洁斯，恭贺你们双喜临门，恭贺！

塔尔洁斯脸上没有什么表情。

李干事边说边向乡文化站走了。

夏心鸣对塔尔洁斯：走吧，我们去登记。

夏心鸣向乡政府走去，塔尔洁斯思考着什么，迟迟疑疑跟上去……

82.乡政府院内（外　日）

塔尔洁斯跟随夏心鸣走进乡政府大门，来到登记室前慢慢停住脚步。

夏心鸣:怎么不走了?

塔尔洁斯垂着头不吱声。

夏心鸣捧起她的脸,发现塔尔洁斯眼眶潮湿:

啊! 你,怎么啦?

塔尔洁斯不说话。

夏心鸣:说话啊!

塔尔洁斯:我……

她忽然转身向外跑去。

"塔尔洁斯!"夏心鸣追了出去。

83.乡政府附近的马棚(外　日)

塔尔洁斯跑到马棚,解开乘马缰绳要上马,夏心鸣从后面赶上来抓住她的手。

夏心鸣:你,你这是干啥?

塔尔洁斯不吭声,沉默思考什么,忽然接过马缰,跳上马背,驱马向前奔去。

夏心鸣:站住! 回来,回来……

夏心鸣奔跑追赶,塔尔洁斯转眼消失在远处,他失望地停住,望着前方。

84.草原　塔尔洁斯家帐篷(外　傍晚)

太阳坠落在西面的山岭后,暮色渐渐降临草原。

塔尔洁斯两眼发呆,骑着马向家走,来到帐篷旁的马桩前呆愣愣地忘了下马。

老阿妈从帐篷里出来,见是女儿欢快地跑上来:回来啦!我的女儿回来啦!

塔尔洁斯被阿妈的欢叫声惊醒:哦,阿妈……

她默默下了马。

老阿妈爱抚地拍打着女儿身上的尘土:证领上啦?

塔尔洁斯没有应声,拴上马缰绳独自向帐篷走去。

老阿妈怔住了:咦,这女子又咋啦?

她忙追进帐篷。

85.塔尔洁斯家帐篷(内　傍晚)

塔尔洁斯走进帐篷扑倒在矮床上,两眼呆愣愣望着前方,老阿妈走进来。

老阿妈:咋啦?

塔尔洁斯不应声。

老阿妈摸摸塔尔洁斯的额头,又试试自己的额头……

塔尔洁斯仍呆望着前方。

老阿妈默默地擦着茶壶,似乎觉察到什么,沉默半天问:他变了?

塔尔洁斯见不回答不行,坐起来,摇了摇头。

塔尔洁斯默默摇头:不……

老阿妈:那?……

塔尔洁斯:上级要调他去北京工作……

老阿妈高兴地:去北京,好啊!太好啦!

塔尔洁斯:好好好,就知道好!您考虑过没有?如果结了婚,他在北京,我和阿妈在这里,一个东,两个西,相隔千万里,怎么生活?怎么过日子?

老阿妈:你跟他去北京啊!

塔尔洁斯:我去北京,您咋办?您都快七十岁了,把您孤零零的扔在这里行吗?再说我,一没有多少文化,二没有其他技术,离开草原我能干啥?啥也干不了,反而会成为他的负担,他的拖累!您说,我们能跟他去北京吗?

老阿妈愣住了:……还真是这样……

塔尔洁斯仍在那儿发呆。

86.草原　塔尔洁斯家门前的小溪边(外　日)

牛羊出牧,在草滩上慢慢移动。

塔尔洁斯去溪边提水,她拿着勺舀水,不知不觉停下,望着水流发呆。

一阵马蹄声把她从呆愣中惊醒,是夏心鸣骑马来了,他老远跳下马,朝塔尔洁斯跑过来:塔尔洁斯!

塔尔洁斯!

塔尔洁斯没有反应。

夏心鸣:昨天为啥突然跑回来?我哪点对不住你了?

塔尔洁斯仍没有反应。

夏心鸣:难道你后悔了?

塔尔洁斯站了起来:不不!我,我是让你再考虑考虑……

她说完提起水桶,向帐篷慢慢走去。

夏心鸣追上去,挡住她:你让我考虑什么?考虑什么?

塔尔洁斯被迫说出了自己的心里话:你想过没有?一旦结了婚,一个在北京,一个在遥远的草原上,相隔千万里……

夏心鸣:原来是这样啊?那,那办了婚礼,咱们和阿妈一块儿上北京!

塔尔洁斯:我们去了北京,你是搞研究,还是照顾我们?我和阿妈会成为你的负担和拖累!

夏心鸣:这个好办!如果你和阿妈不愿去北京,我就留在草原上,咱们永远在一起!(将塔尔洁斯搂在怀里)

塔尔洁斯坚决地:你必须去北京!如果为了一个女人放弃事业,放弃理想,放弃追求,我会看不起你

的！（推开他）

夏心鸣：我留下来同样可以进行民歌挖掘研究，同样可以……

塔尔洁斯打断：北京是专业研究单位，那是个大舞台！懂吗？

塔尔洁斯说完提起水桶，快步向帐篷走去。

夏心鸣追上去，拦住她：你，你到底让我怎么办？我让你和阿妈去北京，你不愿意，我要留下，你又不同意，你你你！

塔尔洁斯：心鸣！知道吗？我真想让你留下，一块儿在草原上生活，永远不离开，可你的前途和事业在北京，我不能给你增添负担，不能拖你的后腿！你，你走，走吧——

塔尔洁斯手里的水桶忽然落在地上，随之哇地哭出声来，捂住嘴巴哭泣着向远处跑去。

夏心鸣：塔尔洁斯，塔尔洁斯....

夏心鸣追了几步，痛苦地定在那儿。

87.小帐篷里（内　日）

塔尔洁斯含泪替夏心鸣整理拾掇着东西。

她一本一本往纸箱里装夏心鸣的书，又往提包里装他的衣服，当拿起那件她曾在岩洞里穿过的衬衫时，忍不住泪水涌出眼眶，她用衣服捂嘴巴……

夏心鸣垂着脑袋走进帐篷，见塔尔洁斯收拾他的东西忽然火了:谁让你收拾我的东西了？你想赶我走吗？没门！放下，放下！

夏心鸣上前夺过塔尔洁斯手里的衬衫扔在床铺上,将纸箱提起来,将书本哗啦啦倒在地上,发疯的样子。

塔尔洁斯:你疯啦？疯啦？

夏心鸣将她拨到旁边:走开！走开——

塔尔洁斯后退几步,吃惊地望着他。

夏心鸣仍摔打书本,叫喊着,发着疯,塔尔洁斯从后面扑上去抱住他:心鸣！求求你不要再撕我的心了！你以为我心里好受吗？

塔尔洁斯放开夏心鸣,哭泣着冲出帐篷。

88.草原　帐篷前的草滩上　（外　日）

塔尔洁斯捂住嘴向远处奔跑。

夏心鸣追出帐篷,向前追了几步,失望地停下,望着远去的塔尔洁斯。老阿妈从大帐篷出来,见他俩闹着摇头叹息,不知如何是好。

远处,乡邮员驱马走来,老远喊着:"夏站长,夏站长！"

夏心鸣没有动,乡邮员驱马过来,下马说:李干事让我捎话,说北京来电话催你马上去报到！

夏心鸣发着呆,好大工夫才回答:知道了……

乡邮员:那我走了。

夏心鸣见乡邮员要走,喊道:停停!(上前)请回去告诉李干事，我决定不去北京，让他电话转达一下！

乡邮员迟疑地:这……好吧。

老阿妈听到夏心鸣做出这样的决定着急了:心鸣,不敢头脑发热啊！快给乡邮员说,你马上就回去报到！

夏心鸣:阿妈,我已经离不开草原了！

老阿妈:这,这这这……

夏心鸣痛苦地走到乘马跟前,顿了顿,果断跳上马背。

老阿妈:哪里去？

夏心鸣:我去铁木尔家,让铁木尔和莎仁过来劝劝塔尔洁斯！

夏心鸣驱马驰去。

老阿妈望着夏心鸣的背影直摇头。

89.草原　远处的草滩上(外　黄昏)

夕阳渐渐沉落，塔尔洁斯痛苦郁闷地在溪水边踽踽独行,老阿妈追了上来。

老阿妈:塔尔洁斯！

塔尔洁斯:阿妈!……心呜呢?

老阿妈:他去了铁木尔家,请他两口子过来劝说你!

塔尔洁斯扑到阿妈的怀里。

老阿妈:女儿啊!看来心呜铁了心要留下!

塔尔洁斯:不行!必须让他去北京!

老阿妈:可他已经让乡邮员把话都带回去了!

塔尔洁斯:那也不行!(思考半晌,果断地)我们马上离开,走得远远的,让他彻底断了留下的念头!

90.草原　铁木尔家旁的溪水边(外　黄昏)

莎仁在河水边往小水桶舀水,舀满后提着水桶挺着大肚子向家走。

附近有顶帐篷,一位妇女正收赶羊群,见此情景惊叫提醒:哎呀!你都快生了,咋还提水干活啊!

莎仁:没事的婶子!

那妇女:铁木尔呢?

莎仁:放牧还没回来。

那妇女:你可要小心哪!

莎仁:嗯。谢谢!

那妇女摇了摇头,继续收拦羊群。

莎仁提着水桶向前走着,前面是个斜坡,突然脚下一滑,摔倒在地上,手里的水桶扑通落地,发出很响的声音向坡下滚去。

那妇女听到声音,见莎仁摔倒,惊叫着"莎仁莎仁"跑过来要扶她起来,莎仁却起不来。那妇女没了主意。这时夏心鸣骑马赶来,老远跳下马跑过去边帮她边问:怎么啦?怎么啦?

那妇女:摔倒了!喷喷!喷喷!(发现莎仁屁股底下有血惊叫)血,血!可能要早产!咋办?咋办咋办啊?

夏心鸣:铁木尔呢?

那妇女:放牧还没有回来!真是……快请塔尔洁斯来救人啊!

夏心鸣:去塔尔洁斯家二十公里路,怕来不及了!附近有医院,有医生吗?

那妇女:这里是夏季牧场,附近就我们两家,山那边是青山乡医院,可十来公里山路,天又快黑了!

夏心鸣:没什么,救人要紧!

夏心鸣平抱起莎仁,那妇女帮助他牵马……

91.草原　山路上(外　傍晚)

两骑人马飞快奔驰在山路上。

夏心鸣骑在马上怀里横抱着莎仁,那妇女骑着马,在前面牵着他的马缰带路!

92.草原　铁木尔家附近草地(外　傍晚)

铁木尔收赶着羊群，慢慢向他家的帐篷移动……

93.青山乡医院　急诊室口（内　凌晨）

夏心鸣和那妇女焦急万分,守在急诊室门前等候抢救消息!

急诊室里传出莎仁的惨叫和呻吟:啊——啊——

夏心鸣和那妇女焦急地在门外直打转。

这时,铁木尔叫喊着"莎仁,莎仁"火急火燎跑来了。

铁木尔:莎仁怎样? 咋样?

他直往急救室闯,夏心鸣和那妇女拉住他。

夏心鸣:别进去! 医生正在抢救! 抢救!

铁木尔:唉!(拉着哭腔)我让她不要干活,在家养着,她就是不听,看看这……要是保不住孩子,我跟她没完!(抱头蹲在地上)

那妇女:现在说这些有用吗?

夏心鸣:不要着急! 我相信莎仁和孩子都会没事的!

铁木尔起身抓住夏心鸣的手摇着,说不出话来!

急诊室里不断传出莎仁的惨叫和呻吟:啊——啊——

守在门口的铁木尔、夏心鸣和那妇女担忧紧张地直打转。

东方天际出现曙色,天渐渐亮了。

忽然,急诊室里传出婴儿微弱的哭叫,铁木尔、夏心鸣和那妇女欣喜地:生了,生了!……

吴院长从急诊室出来,铁木尔忙冲上去抓住她的手:医生,我媳妇咋样?娃娃咋样?

吴院长取下口罩,喘着大气:孕妇因摔伤,造成早产大出血!经过抢救,现在大人和娃娃都平安了!恭喜你,是个双胞胎,两个男娃!

铁木尔高兴地跳起来:好好!太好了!谢谢您!太感谢您了!

吴院长:不要谢我!要谢就谢夏站长和这位婶子,要不是他俩及时把病人送过来,大人和娃娃就难保了!

铁木尔转身抓住夏心鸣的手,顿然热泪涌流!

94.草原　塔尔洁斯家驻扎帐篷的草滩(外　黄昏)

暮色渐渐降临草原。

夏心鸣和铁木尔骑马匆匆向塔尔洁斯家赶着。

铁木尔:……放心!我一定会劝过塔尔洁斯的,她的小性子我最清楚!

夏心鸣:拜托了!

他俩到塔尔洁斯家驻扎帐篷的地方突然惊愣

了。那片草地上不见了塔尔洁斯家的帐篷,只有那顶小帐篷孤零零地留在那儿。夏心鸣跳下马在那片草滩上奔跑、寻找、叫喊:塔尔洁斯,阿妈,你们在哪儿?去了哪里?塔尔洁斯——阿妈——

铁木尔也跳下马跟着呼喊:塔尔洁斯,老阿妈,塔尔洁斯——

四周寂静无声。

夏心鸣跑进小帐篷……

95.小帐篷(内　黄昏)

小帐篷里,行李、书籍、资料、用具等,均已收拾捆扎起来,整整齐齐放着。

书箱上放着一张纸条,夏心鸣拿起纸条,那是塔尔洁斯给他留的信。

夏心鸣念信:心鸣你好!我跟阿妈去了青藏高原投奔亲戚,不要找了,你找不到的。去北京吧,我跟阿妈都期盼你在裕固族民歌研究方面做出成果!保重!塔尔洁斯。

夏心鸣:塔尔洁斯——

夏心鸣呼喊着冲出帐篷。

96.草原　小山岗上(外　傍晚)

夏心鸣边呼喊边向小山岗奔跑,铁木尔跟着他

奔上山岗,站在高处面向西南呼喊:塔尔洁斯——塔
尔洁斯——

铁木尔:塔尔洁斯——塔尔洁斯——

煨桑台旁的经幡无声地飘动。

夏心鸣泪水涌出眼眶……

(闪回完)

(回到现实中)

97.草原　山坡上(外　日)

夏心鸣眼含热泪望着远处……

会场附近的山坡上,成双成对的姑娘小伙们采花
游玩。

夏晓晨和梅朵在山坡上采花,梅朵手里拿着花
朵,若有所思的样子。

夏晓晨:想什么呢?

梅朵:我有个预感……

夏晓晨:预感?

梅朵:你爸爸与我们家好像有什么故事……

夏晓晨认真起来:什么故事?

梅朵:你爸爸今天反复说我是什么如烟,还追问
我阿妈是不是叫塔尔洁斯,这里面肯定有故事……

夏晓晨:喔!是这样的。我爸25年前在青山草原
文化站工作时,认识了一个叫塔尔洁斯的姑娘,他们

感情很深,后来塔尔洁斯姑娘忽然离开我爸去了青藏高原,从此断了联系……

梅朵:哦……

夏晓晨:……我爸去北京后,一直从事裕固族民歌的整理研究,有人曾几次给我爸寄民歌资料,对我爸研究编写《裕固族民歌集成研究》帮助很大,爸爸猜想这个寄资料的人,肯定是塔尔洁斯阿姨,可几次去青藏高原寻找都没有找到,这次我爸来夏日塔拉草原寻找……

梅朵:哦,是这样……裕固族草原上叫塔尔洁斯的女性太多,怕是很难找到。不过,我感觉这个塔尔洁斯好像跟我阿妈有什么联系。

夏晓晨点头:……

梅朵:我阿妈在我们村开了家门诊部,用中草药给牧民治病,还搜集了不少民歌资料……可,我阿妈叫格桑,还有那个如烟是谁? 好像是谜!

夏晓晨:是啊!

他俩开始采花。

夏心鸣向他们走去,老远唤他俩:——晓晨!

夏晓晨和梅朵见夏心鸣忙打招呼。

夏晓晨:爸!

梅朵:叔叔!

夏晓晨把手里的花束给梅朵跑了过来,梅朵继续采花。

夏晓晨:爸爸,您怎么过来了?

夏心鸣:爸在会场上找了几圈,也没找到你阿姨,爸爸有个预感,梅朵的阿妈好像就是爸爸寻找的塔尔洁斯。

夏晓晨:爸,梅朵刚才也这么说。

夏心鸣:那我们明天去梅朵家看看。

夏晓晨:听梅朵说,她们家在甘青交界的一个小村里,很远,路很难走,爸爸的身体……

夏心鸣:没问题!

98.公路上 草原 (外 清晨)

一辆小轿车行驶在草原公路上。

夏晓晨驾驶着小轿车,梅朵坐在副驾座上领路。

夏心鸣坐在后排,若有所思的样子。

小车在山野盘绕的公路上行驶,两旁山野苍翠,花草繁盛,有牦牛和羊群,还有房舍帐篷,梅朵指指点点,给夏心鸣父子介绍情况。

夏心鸣和夏晓晨从车窗里观看着……

岔道口。

梅朵指了指旁边的便道,夏晓晨将小车驶进岔道。

小道夹在两山中间,窄狭坎坷,高低不平,小车开始颠簸起来,梅朵转回头问夏心鸣。

梅朵:夏叔叔,颠簸您了!

夏心鸣:没什么,这比马背上平稳多了!

梅朵:出了这条山沟,再往前走就到了。

沟两旁草木茂盛,繁花似锦,风景优美。

夏心鸣赞叹:这里的风景真美,好像画!

忽然,山野里有人唱《裕固族姑娘就是我》:

哎,裕固族姑娘就是我,

哎,姑娘我心中歌儿多,

红缨帽子头上戴,

哎,珍珠项链我戴过……

夏心鸣突然惊喜地:塔尔洁斯,是塔尔洁斯! 停车停车!

夏晓晨停下车。

夏心鸣打开车门循着歌声向山野跑去。

夏晓晨和梅朵也下车,跟随而去。

99.草原　山坡上(外　日)

山坡的花草丛中,一位裕固族妇女边唱歌边采草药。

夏心鸣呼喊着,向她奔跑而去:塔尔洁斯,塔尔洁斯!……

那妇女转过身来,她真是当年的塔尔洁斯姑娘。

夏心鸣:塔尔洁斯,真是塔尔洁斯!

塔尔洁斯看到夏心鸣也迎上来:夏站长,夏站长

……

他俩张开臂膀激动地向对方奔跑,到了跟前却都站住了,礼节性地握了握手。

夏心鸣:好吗?

塔尔洁斯:好! 你呢?

夏心鸣:好! 你让我好找!

塔尔洁斯微笑着……

夏晓晨和梅朵站在两位父辈身后, 为他们的相逢而激动。

夏晓晨:爸爸终于找到心中的人了……

梅朵:阿妈果然跟叔叔有一段故事……

夏心鸣向夏晓晨招手:晓晨,过来!

夏晓晨和梅朵上前。

夏心鸣介绍:这是我儿子,叫夏晓晨。这是塔尔洁斯阿姨,叫阿姨!

夏晓晨向塔尔洁斯鞠躬:阿姨好!

塔尔洁斯打量着夏晓晨: 好好好, 你儿子很英俊!

梅朵听到阿妈的评论窃喜,向塔尔洁斯介绍夏晓晨。

梅朵:阿妈,他就是我常说的晓晨……

塔尔洁斯惊异:他,他就是晓晨?

梅朵:阿妈,怎么啦?

塔尔洁斯:你们? 你们? ……

夏心鸣、夏晓晨和梅朵愣住了。

塔尔洁斯见大伙怔住了,忙说:哦,走吧,请,请到家里……

100.塔尔洁斯家客厅(内　日)

一个裕固族和汉民族风格相糅合的客厅。

塔尔洁斯把夏心鸣让坐在沙发上,端来吃食和糖果,给夏心鸣斟茶。

夏心鸣:阿妈她身体好吗?

塔尔洁斯:她八年前去世了……

夏心鸣:哦!

塔尔洁斯:阿妈八十多岁了,走的时候很安详,还念念不忘你!

夏心鸣:我也很想念她,可是……

塔尔洁斯:不要怨恨我了……

塔尔洁斯默默地擦着茶壶斟茶。

夏心鸣:梅朵的阿爸呢?

塔尔洁斯手抖了一下:哦,哦,他,他出远门了。

夏心鸣:哦……

塔尔洁斯:晓晨他妈妈好吗?

夏心鸣:也,也出远门了……

塔尔洁斯:哦……

夏心鸣:当年你和阿妈不是去了青藏高原吗? 怎么在这里? 让我几次去青藏高原寻找都没有找到!

塔尔洁斯:我们没去青藏高原。

夏心鸣:哦?

塔尔洁斯:那时候,我外公在这个村开医疗室缺人手,捎信儿让我跟阿妈过来,我就跟阿妈过来了。

夏心鸣:还改名换姓叫格桑?

塔尔洁斯点头。

夏心鸣悲伤地:……那天傍晚,我跟铁木尔到你家,看到你和阿妈都走了,只留下那顶孤零零的小帐篷,我的心都碎了! 我在山岗上整整坐了两天两晚上!

塔尔洁斯:……那晚我也在不远的树林里望着你……

塔尔洁斯眼睛湿润了,夏心鸣掏出纸巾递过去,她接过纸巾擦拭眼睛。

夏心鸣:……这么多年,给我寄资料,连个真实地址姓名也不留……

塔尔洁斯:本来我想跟你联系,怕打乱你们的生活……

夏心鸣:你啊! 想多了!

塔尔洁斯:这样不是很好吗? 这些年,你在裕固族民歌的整理研究方面, 做出了很大的成绩,《裕固族民歌集成研究》第一卷也出版了……(起身从客厅书柜里拿过《裕固族民歌集成研究》第一卷)这是我托人从县城新华书店买的,我常常看看,很好,真了不起! 真替你高兴、自豪!

夏心鸣从包里掏出两本书,送到塔尔洁斯面前。

夏心鸣:这是第二、三卷!

塔尔洁斯接过书轻抚着,表情激动。

夏心鸣:这是我俩共同的心血,出书时本来要署你的名字,可找不到你……

塔尔洁斯:不不,这是你多年努力的结果! 我提供资料是应该的,应该的!

101.村寨旁的山坡上(外　日)

夏晓晨和梅朵边观赏山野里的景致边说话。

夏晓晨若有所思:……梅朵,我发现一个问题。

梅朵:什么问题?

夏晓晨:阿姨对我好像不合意……

梅朵:不! 阿妈都夸你很英俊! (学着阿妈)好好好,你儿子很英俊! 很英俊! 你不知道,当时我心里有多高兴!

梅朵抱住夏晓晨的胳膊,把脑袋靠在他肩上,幸福的样子。

夏晓晨:反正我感觉你阿妈看不中我……

102.塔尔洁斯家客厅(内 日)

塔尔洁斯和夏心鸣正在说话,梅朵牵着夏晓晨的手进来。

塔尔洁斯嗔怪梅朵:你这孩子,又疯到哪里去了?

梅朵咯咯笑着:带晓晨哥去山坡上转了转!

塔尔洁斯:快,让晓晨坐下吃点东西,喝碗茶!

梅朵:阿妈,现在叔叔来了,您就跟叔叔商量商量我们的婚事!

塔尔洁斯:婚事? 这,这个,这事……(果决地)阿妈不同意!

梅朵:不同意?!

夏晓晨和夏心鸣不由愣怔。

梅朵:为,为什么?

塔尔洁斯:为,为……这事以后再说……

塔尔洁斯起身默默向外走去,梅朵着急而不解。

夏心鸣:梅朵! 你阿妈第一次见晓晨,提出婚事有点匆忙了,应该让你阿妈好好考虑考虑才是。

梅朵:晓晨的情况我早就给阿妈介绍过,阿妈对晓晨很满意,可不知阿妈今天怎么了……

　　夏心鸣起身说:叔叔去问问……

　　他说着出门……

103.厢房里(内　日)

　　塔尔洁斯站在窗前,透过窗户凝望着远处的雪山。

　　夏心鸣走了进来:塔尔洁斯....

　　塔尔洁斯:哦,我知道你会过来的……

　　夏心鸣:到底发生了什么事? 能告诉我吗?

　　塔尔洁斯艰难地:你,你跟我去看一个人吧!

　　塔尔洁斯向外走去,夏心鸣疑惑地跟她出了门。

104.山坡　坟冢(外　日)

　　塔尔洁斯带着夏心鸣顺村庄旁的小路默默上了山坡。

　　前面的坡坳里出现一座坟冢,墓碑上刻着"柳心华女士之墓"字样。

　　塔尔洁斯来到墓前停住,夏心鸣懵懵懂懂望着塔尔洁斯。

　　塔尔洁斯:你可能想不到这人是谁吧?

　　夏心鸣摇了摇头。

　　塔尔洁斯:那我讲讲她的故事……那年,我和我阿妈离开夏日塔拉草原来到这里时间不长，听说乡卫生院来了一个女医生，名字叫柳心华。后来这个叫柳心华的医生来我们村巡回医疗，你猜她是谁？

夏心鸣：谁？……

塔尔洁斯：柳如烟！

夏心鸣：——什么?! 如烟？柳如烟？

塔尔洁斯：当时我也不敢相信，可她真是柳医生！她也没想到能在这个偏僻遥远的小村里碰到我……那天我俩聊了大半天，晚上又聊到天亮……那年她跟王希胜去了深圳，听说王希胜是你的同学……

夏心鸣：是……

塔尔洁斯：柳医生到深圳后，做了王希胜医药公司的经理，接着王希胜提出跟柳医生结婚，柳医生拗不过，跟他结了婚。刚结婚，柳医生就发现自己怀孕了，算算时间，这孩子不是王希胜的，王希胜也发现孩子不是他的，就跟柳医生闹翻了……柳医生跟王希胜离婚后，一个人过着，她很后悔当初离开了你！愧疚了很长时间，为了孩子，这年八月她带着不到两岁的孩子，离开深圳回到了草原上，她本想回到你身边，听说你去了北京，她失望了！她无颜再见你，无颜再见青山乡的牧民，就请求县里把她调到最边远最偏僻的乡医院工作，就这样她改名换姓，带着孩子来到了这里……

夏心鸣：哦……

塔尔洁斯：她改名叫柳心华，用了你名字中的'心'字，明白她的意思吧？

夏心鸣点头：……

塔尔洁斯：那时候她带着孩子住在乡医院，我见她生活工作不方便，就让她把孩子交给我带，她就把孩子交给了我，这个孩子就是梅朵……

塔尔洁斯说到这里停住了。

夏心鸣急切地：后来呢？后来？

塔尔洁斯：后来……就在那年冬天，她去深山牧场出诊，突然遭遇大雪崩……

夏心鸣震惊地：大雪崩？

塔尔洁斯：……临走时，她抓着我的手不放，要我做孩子的妈妈，抚养她成人，我答应她后，她才松开手……

夏心鸣悲痛地：如烟——

他扑向墓碑，垂首而立默哀……

塔尔洁斯：节哀吧！

夏心鸣转身抓住塔尔洁斯的手：你有一颗金子般的心啊！我和如烟不知怎么感谢您！

塔尔洁斯：看看又来了，多少年来，你咋就改不了这个说道。走吧，回去！

105.山坡上(外　日)

塔尔洁斯和夏心鸣边说边往回走。

塔尔洁斯：……我本来不准备把梅朵和她妈妈的事告诉你,因为我太喜爱梅朵这个孩子了! 怕告诉了你,忽然有一天她离开我,那就揪走了我的心! 可,可这两个孩子,他们,他们却谈上了对象,所以我不得不告诉你!

夏心鸣：放心,梅朵是你的女儿,永远是的! 我不会带走她,也不会把这个秘密告诉她!

"阿妈,阿妈! 夏叔叔……"

"爸爸,爸爸! 阿姨,阿姨! "

梅朵和夏晓晨边喊着,从坡下赶了上来。

夏心鸣忙擦眼睛。

梅朵：阿妈,我就知道您来看望柳阿姨!

塔尔洁斯：孩子,以后你要改……

夏心鸣见塔尔洁斯要说出梅朵和他跟柳如烟的关系,忙打断她的话。

夏心鸣：梅朵,阿妈把你当心肝,以后要好好孝敬阿妈,知恩图报!

梅朵：夏叔叔,我懂,我会孝敬阿妈一辈子的!

夏心鸣：好好! 真是阿妈的好女儿!

梅朵抱住塔尔洁斯的胳膊,把脸庞贴在阿妈肩上。

塔尔洁斯轻轻抚着梅朵的头。

夏晓晨垂着头,立在旁边。

夏心鸣:晓晨,以后要多来看望阿姨,她可是咱们家的活菩萨啊!

夏晓晨:阿姨,我一定常来看您,孝敬您!可,可我不明白阿姨为啥……

塔尔洁斯呵呵笑起来:你们的婚事,我现在不管了,全听你爸的,你爸说同意,我就举双手赞成!

夏心鸣:哎哎哎,怎么把皮球踢到我这儿来了?你是梅朵的妈妈!

塔尔洁斯:现在他俩成了这样,你说行吗?

夏心鸣:只要你对晓晨满意,我就同意!

夏心鸣和塔尔洁斯说着只有他俩明白的话,夏晓晨和梅朵不解地互相看着。

塔尔洁斯:晓晨这孩子还有啥说的?我很满意!可,可现在他们是……

夏心鸣打断:——我同意他们的婚事!

塔尔洁斯:你,你疯啦?疯啦?他们是,他们是……

这时,山坡传来呼喊声:夏站长!心鸣——

塔尔洁斯的话被打断,夏心鸣和大伙儿转身向喊声看去,来人是铁木尔。

夏心鸣:呀,铁木尔,铁木尔大哥!

塔尔洁斯:铁木尔哥!

夏心鸣迎上去,塔尔洁斯、夏晓晨和梅朵跟着前去。

夏心鸣和塔尔洁斯迎上去,互相握手寒暄:铁木尔大哥好啊!

铁木尔:好好好!哎呀呀!听说您从北京过来了,我是紧追紧赶,总算把你给追上了!到了草原上也不来我家的帐篷做客,又把我当外人啦?

夏心鸣:哪里?我是计划办完儿子的大事,向你去报喜啊!

铁木尔:啥大事,这么要紧?

夏心鸣把夏晓晨拉到铁木尔面前:认识他吗?

夏晓晨:铁木尔大叔!

夏心鸣:不!他是你亲阿爸!

夏晓晨:阿爸?

塔尔洁斯和梅朵惊愣了,相互对视。

铁木尔问夏心鸣:他,他就是晓晨?

夏心鸣:是。

铁木尔打量着夏晓晨,见儿子长大了欣喜不已,对夏心鸣说:不不,你才是他的亲爸爸!

夏心鸣:大哥,晓晨已经报名来裕固族草原工作了,过不了几天,你们父子就可以团圆!

铁木尔:不不不,他是你的儿子,是你的!

夏晓晨:爸爸,这,这……

夏心鸣:晓晨啊!(指着铁木尔)他真是你的亲生阿爸!

塔尔洁斯和梅朵仍惊愣着,相互对视询问,夏晓晨更是迷惑不解。

夏晓晨:爸爸,这,这到底怎么回事?

铁木尔见事情已经说明,只好述说当年发生的事:好吧,既然你爸已经把话说明了,那我就告诉你咋回事吧……

夏晓晨、塔尔洁斯和梅朵倾听。

铁木尔:……当年,你阿妈莎仁临产前摔伤了,眼看你阿妈和肚子里的娃娃都没救了,是夏站长连夜把你阿妈送到了青山乡医院,保住了你阿妈和你哥俩的命……可你阿妈出血过多,身体虚弱,一直没有恢复起来,第二年去世了,临去世前你阿妈让阿爸把你送给救命恩人夏站长,作为感恩……

铁木尔泪流满面,说不下去了。

塔尔洁斯和梅朵听着,豁然明白,热泪盈眶。

夏晓晨好像在梦中,呆愣愣地望着夏心鸣,半晌认真问:爸,是,是这样吗?

夏心鸣点头:叫阿爸!

夏晓晨仍呆愣着,面对铁木尔,半天张不开口。

　　夏心鸣催促：叫啊，叫啊！

　　夏晓晨慢慢移动到铁木尔面前，努力了半天才张开了口：——阿爸……（却回头扑到夏心鸣胸前）爸爸！

　　夏心鸣嗔怪：你这孩子！

　　铁木尔已经非常激动，眼睛里闪动着泪花，见孩子挺为难，对夏心鸣说：好了，好了，不为难孩子了！

　　夏心鸣不再强求，转向塔尔洁斯谈说夏晓晨、梅朵的婚事。

　　夏心鸣：现在你该同意梅朵跟晓晨的婚事了吧？

　　塔尔洁斯明白了内情，对两个孩子的婚事，连连点头赞同：同意同意！

　　梅朵见阿妈赞同，抱住阿妈亲热起来：阿妈真好！真好！

　　铁木尔知道夏心鸣和塔尔洁斯到现在没有结婚，互相暗暗相守，劝说道：你俩也该办了吧？我知道你俩都没成家，心里都一直相守着！

　　夏心鸣听此话惊异欣喜地望着塔尔洁斯：不是说梅朵的阿爸出远门了吗？

　　塔尔洁斯：你不也说晓晨的妈妈出远门了吗？

　　他俩心照不宣，欣喜会心地笑起来。

　　大伙都激动欣喜地笑起来！

106.山坡　草滩上（外　日）

塔尔洁斯、夏心鸣、铁木尔、夏晓晨和梅朵欣喜地往前走着。

忽然,在赛马会上见到的那个小伙和几个姑娘兴冲冲地跑来。

那小伙:梅朵! 叔叔、阿姨们! 报告一个好消息! ——中央电视台"星光大道"节目组,邀请我们刚组建的裕固族"百灵鸟组合"前去北京参加表演比赛!

梅朵:真的?

那小伙和伙伴们齐声:真的!

梅朵惊喜地跳起来:啊! 太好啦! 太好啦!

塔尔洁斯:我们裕固族民歌要上中央电视台啦! 大喜事! 大喜事!

夏心鸣、铁木尔、夏晓晨和小伙姑娘们鼓掌欢呼:好好好!

塔尔洁斯把梅朵拥到怀里,抚着肩夸赞:真行! 真行! (又把几个姑娘拥到胸前)我们裕固族歌王安布拉走了,民歌艺术的传承发展就寄托在你们身上啦!

梅朵和年轻人们都庄重地点头。

夏心鸣从包里掏出两本民歌集,赠送给梅朵。

夏心鸣:这是刚刚出版的《裕固族民歌生存现状》,里面有你阿妈和歌王安布拉的心血,赠送你们,预祝你们比赛圆满成功,取得好成绩!

梅朵接过书,向夏心鸣鞠躬:谢谢叔叔!(向塔尔洁斯鞠躬)谢谢阿妈!

梅朵和夏晓晨捧着本书欣喜地微笑!

——剧终

【电影剧本】

水月敦煌

Water-Moon Dunhuang

何奇

该剧本已由《北方作家》杂志发表

1.月牙湖畔(外　日)

一群姑娘在湖畔的杨柳树下练习舞蹈基本功。

艺术团团长李小帆数着:一打打,二打打,三打打,四打打……

湖畔不远处，徐晓晓好像领了喜帖叫喊着跑来：小帆姐,小帆姐——

李小帆见徐晓晓来了，向姑娘们发出口令:停——

姑娘们停下来。

李小帆:下去之后,自己练练! ——解散!

姑娘们解散了,有的踢腿活动,有的喝水。

徐晓晓手里举着一本曲谱跑上来。

徐晓晓:小帆姐,曲谱,曲谱取回来了!

徐晓晓把曲谱给李小帆,李小帆接过曲谱,翻看吟唱几句:太棒了! 太棒了!

徐晓晓:小帆姐,咱们的舞剧《水月敦煌》曲谱已经写出来了,啥时候开排?

众姑娘们都感兴趣地围过来询问消息:

"啥时候开始排练? 啥时候排练? "

"透露透露消息,让姐妹们高兴高兴! "

李小帆:马上!

姑娘们激动地叫嚷欢跳起来:好好好!

姑娘甲:咱们艺术团都是姑娘,没有男生,剧中的波斯王子谁扮演啊?

姑娘乙:女扮男装呀! 小帆姐,你看我像不像波斯人? 扮演波斯王子怎么样?

徐晓晓:女扮男装没劲,小帆姐决定从外面请!

姑娘甲:有合适的人选吗?

徐晓晓神秘地:早就有啦! 是小帆姐的同学,又是……

李小帆打断:晓晓,不许胡说!

姑娘们心领神会,笑了起来。

2.蓝天　机舱里(外　日)

蓝天。白云。

一架波音客机在蓝天飞翔。机舱里坐满中外游客， 一位二十七八岁的俄罗斯小伙子，透过舷窗望着窗外,地面上青山绿水,千里沃野;连绵的山脉、奔腾的黄河……

3.敦煌机场 （外 日）

飞机徐徐降落,慢慢停住。机舱门打开,乘客顺舷梯下飞机。

俄罗斯小伙子出现在舱门口,看到"敦煌机场"招牌,兴奋激动地:敦煌——我来啦! 我鲍里斯来啦! 小帆我来啦!

鲍里斯随着乘客向候机室行走，掏出手机摁号码……

4.月牙湖畔(外 日)

李小帆和徐晓晓们谈论舞蹈。

李小帆手机彩铃响起来,她掏出手机,徐晓晓凑上前看显示:呀,是鲍里斯! 鲍里斯来电了!

姑娘甲:就是刚才说的那个吧？

徐晓晓:是,小帆姐的白马王子……

李小帆:去去!（听电话)喂! 是鲍里斯啊! 什么？你来敦煌了,来敦煌了？ 开什么玩笑？ 开什么玩笑？……那你等着,等着,我去机场接你! 等着!

徐晓晓奔跳起来:我们的波斯王子来啦! 来啦!

姑娘们欢跳呼唤起来:太好了,太好了!……

5.小帆家院子(外　日)

一座小院,有花坛菜地和树木。李小帆的爸爸李书远围着围裙,在水龙头下洗鱼洗菜,边哼唱歌曲《今天是个好日子》。旁边厨房窗户敞开着,李小帆的妈妈余秀芝在锅灶上忙活,听到丈夫哼唱,隔着窗户嗔怪着。

余秀芝:哼叽个啥啊?鱼洗好了没有?等着下锅哩!

李书远:好了好了,这就拿过去!

他将洗好的鱼放进盆里端过去,隔窗递给妻子。

余秀芝接过鱼盆,边收拾边嘲笑:看你今天高兴的又唱又笑,好像天上掉下个金疙瘩让你白捡了!

李书远:哎嗨,女儿的男朋友来了,还是从俄罗斯来的,这比天上掉下个金疙瘩还吃紧!咋能不高兴啊?

余秀芝用菜刀敲着案板叫起来:哎哎哎,你说话可得注意点,不要满嘴跑舌头!谁是小帆的男朋友?我这个当妈的都不知道,你在那儿胡咧咧啥?你是不是想女婿把脑子想出毛病了?

李书远:你没见小帆那高兴样子?从她脸上就看得出……

余秀芝:去去去！那个鲍里斯是小帆在北京舞蹈学院的同学,跟咱家小帆都喜欢敦煌舞蹈艺术,就是一普通朋友,以后不许胡咧咧!

李书远:是!

6.外婆房间(内　日)

一位老太太擦拭着放在柜桌上的相框, 她是李小帆的外婆。

相框里是一个年轻男人的黑白照片。她擦拭着,眼圈有点潮湿,听到外面有争论声,擦干湿润的眼睛,拄着拐杖向外走去。

7.小帆家院子(外　日)

外婆出门来到院子里,问李书远: 你们嚷嚷啥哩? 吼吼的!

李书远:妈,没有啥,随便说说话!

外婆指责女儿:秀芝,你就不能让着点书远啊? 老跟书远吼啥哩?

余秀芝隔着厨房窗户:妈,没有吼,就是说话声音大了点!

外婆:你那鬼脾气要改改了,跟书远说话总像吵架!

余秀芝嘿嘿笑着:妈……

她把鱼放进油锅,油锅发出滋啦啦的声音。

外婆见李书远忙着洗鱼虾洗菜,过去帮忙。

李书远:妈,不用不用,我洗就行!

外婆不听他的,放下拐杖,边帮着洗菜边问:书远,今天来啥客?

李书远:俄罗斯人。

外婆:俄罗斯?!

外婆洗菜的手陡然顿住。

李书远:妈,他是个年轻人,是小帆北京舞蹈学院的同学,在俄罗斯做舞蹈教师,跟小帆同行。

外婆:哦……

外婆默立院中若有所思。

8.候机厅门前(外　日)

鲍里斯身旁放着拉杆箱,在候机厅门前等待。

李小帆的红色小轿车驶过来,在他面前停住,李小帆下车跑过来:鲍里斯!

鲍里斯:小帆!

两人握手寒暄。

鲍里斯:终于又见到你了! 小帆,你可比上学时更美丽,更漂亮了!

李小帆:我也觉得你比以前更英俊更成熟了!

鲍里斯:是吗?

李小帆:是。——上车回家!

9.月牙湖景区大门前(外　日)

景区大门用干枯的胡杨树搭建,突显着古老沧桑气息。

李小帆驾驶小轿车来到大门前停住,李小帆和鲍里斯下车。鲍里斯观望着胡杨搭建的大门连声赞叹:胡杨,千年不死,死后千年不倒,倒下后千年不枯! 太独特! 太有生命力!

李小帆望着周围,纳闷地:咦,怎么不见姐妹们?

"——在这儿呢! ——在这儿呢! "

徐晓晓和舞蹈姑娘们持着"欢迎波斯王子"横幅和鲜花从大门拥出来,跳跃欢呼:欢迎波斯王子,欢迎波斯王子!

鲍里斯激动地鼓掌:大家好! 大家好!

李小帆:姑娘们,从今天起,鲍里斯正式加入我们的舞剧《水月敦煌》剧组,扮演剧中的男主角波斯王子!

"欢迎欢迎欢迎! "

李小帆和鲍里斯幸福地笑着。

10.艺术团　鲍里斯宿舍(内　日)

李小帆和姑娘们拥着鲍里斯和李小帆走进宿

舍。

徐晓晓和姑娘们把鲍里斯的行李放在矮柜上。

李小帆:鲍里斯,住这里还满意吧?

鲍里斯:满意,太满意了!谢谢!谢谢大家!

徐晓晓:姑娘们,白马王子已经到家了,我们该撤了,让他俩说说悄悄话!

李小帆:晓晓,胡说啥!

姑娘们:——走喽!走喽!

李小帆把姑娘们送出门,回头进屋。

李小帆:鲍里斯,我原想你过几个月才会来,没想到突然出现,好像在梦中!

鲍里斯:——回到现实中吧!我就在你身旁!

李小帆:鲍里斯,准备住多久?

鲍里斯:只要有工作,有事业,有爱情,我就会多住些时间,甚至扎根敦煌!

李小帆:我当然希望你永远留下!

鲍里斯:那我就马上办手续,迁居中国,落户敦煌!中国已经掀起建设丝绸之路经济带热潮,我相信不会太久,古丝绸之路必定会再度辉煌!小帆,我这次来,还要办一件非常非常重要的大事!

李小帆:什么事?

鲍里斯卖关子:现在不告诉你!

李小帆:又要搞突然袭击啊?

鲍里斯:不,是惊喜!

李小帆:哦,那我等待这个惊喜!

李小帆看了看手表:鲍里斯,到吃下午饭时间了,我爸妈准备了饭菜,给你接风洗尘!

鲍里斯:我刚来就麻烦你爸妈,太不好意思了!不过这个家宴我一定要去!

鲍里斯打开箱子,背对李小帆取出一支玫瑰花,装进内衣口袋,显得有点神秘。在取礼品时,一个陈旧的字画盒带了出来。

李小帆拿起来:这是?……

鲍里斯:一幅绢画。我爷爷让我带着它,寻找一个人。

李小帆:哦……

鲍里斯将画放在桌上。

11.小帆家餐厅(内 下午)

饭桌上已经摆好菜肴。外婆坐在上首,李书远摆碗筷。

外婆问李书远:小帆呢? 客人到了没有?

李书远:马上就到!

外面,李小帆画外音:"外婆,我们来了!"

李小帆和西装革履、提着大包礼品的鲍里斯出现在门口。

李小帆帮鲍里斯放下礼品,带着鲍里斯走到饭桌前,介绍客主。

李小帆:这是鲍里斯! 我的同学。——这是我亲爱的外婆!

鲍里斯向外婆鞠躬:外婆好!

外婆注视着鲍里斯,和蔼地点头。

李小帆介绍李书远:这是我爸爸!

鲍里斯鞠躬:李叔叔好!

李书远:不客气,坐坐,请坐!

鲍里斯入座。

李书远:常听小帆说起你,说你舞跳得好,有表演天分!

鲍里斯:哪里哪里,小帆的舞蹈才跳得好,比我好哩!

余秀芝端着菜盘上。

李小帆:这是我妈妈!

鲍里斯起身鞠躬:阿姨好!

余秀芝:不客气,请坐坐! 这是最后一道特色菜——清炖沙漠鱼!

大家入座,李小帆拿起红酒,盛满每个人面前的杯子。

李书远端起酒杯致辞:欢迎鲍里斯来敦煌,来月牙湖风景区观光旅游……

李小帆:爸！鲍里斯不是来旅游的,我们请他扮演舞剧《水月敦煌》中的男主角波斯王子!

李书远:好好好！预祝《水月敦煌》排演成功!

鲍里斯举杯喝酒:谢谢!

李书远给鲍里斯夹菜:吃菜,吃菜！这是清炖沙漠鱼,是月牙湖的特色菜!

鲍里斯:谢叔叔,谢叔叔!

李书远:中国菜吃得惯吗?

鲍里斯:吃得惯。在中国留学四年,已经吃惯了中国菜,特别是西北菜,很合我的口味!

李书远:那就好,吃,吃,不要客气!

余秀芝给外婆夹菜:妈,吃菜!

外婆却没有动筷子,一直端详着鲍里斯,似乎发现了什么。

李小帆:外婆吃菜啊!

外婆拿起筷子吃了两口,又停住端详鲍里斯。

李小帆:外婆,看什么呢？——鲍里斯他不走,要在这里住很长时间,说不定要长期留下来,让您看个够！现在吃菜,吃吧!

她给外婆夹菜,外婆仍没有动,仍两眼盯着鲍里斯。

鲍里斯不自在起来:外婆,我,我怎么啦?

外婆神色渐变,手里的筷子掉在桌子上。

李小帆:外婆,怎么啦?

鲍里斯和李书远也慌神了:怎么啦?怎么啦?

余秀芝:妈,哪里不舒服?

外婆:没,没什么,你们吃吧,我回屋里歇歇……

她起身往外走,李小帆和余秀芝搀扶着向外走去。

鲍里斯要去搀扶,李书远说:让小帆她们去,我们继续吃饭,吃饭……

鲍里斯迷惘地望着外婆。

12.月牙湖畔 （外　傍晚）

月牙湖畔的柳树荫下,有人纳凉闲游。湖面波光粼粼,天鹅游弋,几只小船在湖面上划动,桨声吱吱呀呀,还有的在船头摆宴小酌……

李小帆和鲍里斯在湖畔小径散步交谈。

李小帆:……真不好意思,今天让外婆搞得不欢而散,让客人见笑了!

鲍里斯:我算客人吗?

李小帆:毕竟从远方来,又是第一次见我的家人。

鲍里斯:放心,我没有见笑! 不过,我不明白外婆她先前和蔼可亲的,怎么就突然变脸了?

李小帆:外婆年龄大了,有时身体忽然不舒服……

鲍里斯:可我觉得没有那么简单,这里面肯定有什么原因。她好像不喜欢我。

李小帆:不会。老人有时都会突然冒出这样那样的奇怪想法,还会无来由动气发火!

鲍里斯:唉,但愿这是无来由的举动!

13.小帆家餐厅(内　傍晚)

李书远和妻子余秀芝收拾餐桌上的杯盘碗筷。

李书远:……妈忽然变脸,弄得人很难堪,我都不知怎么给客人解释。

余秀芝:是啊! 妈平日和蔼可亲,待人宽厚,今天怎么就突然不对了,是不是我们说错了什么话,惹她不高兴?

李书远:不会。可能老人家又想起了那个罗索夫,我们去安慰安慰她,顺便给她说道说道,让老人家忘了过去那些事,老记在心里,还不闹出病来!

余秀芝:嗯!

李书远和余秀芝紧快收拾饭桌上的杯盘碗筷。

14.外婆卧室(内　傍晚)

外婆默默站在丈夫遗像前观瞻着……

(以下为闪回)

15.古董店(内　日)

一个不大的古董店,货架上摆满古董珍玩,文房四宝,墙上挂着字画条幅等。

一个十六七岁的少妇,擦拭打点着店里的物品。她美丽漂亮,端庄大方,身穿大红袄,脑后挽着髻,看样子成婚时间不长,她就是现在的外婆。

一个二十岁左右的年轻男子拿着个画盒兴冲冲跑进来:……拿到了,拿到了! 这幅水月观音绢画终于拿到手啦!

他是李小帆的外公余新超。

外婆:是吗? 快拿来,打开看看,打开看看!

余新超:好的!

他将盒子放在工作台上,戴上手套,打开盒子取出绢画。一幅古老的水月观音绢画,色彩鲜艳,线条流畅,古朴优美。

外婆惊叫:啊! 太美了!

余新超:据说这幅水月观音绢画,是从莫高窟藏经洞流散出来的,太珍贵了! 可不知怎么流散到了民间,差点让那个小商贩损坏了!

外婆:多亏碰到了你这个古董店老板!

余新超:是啊,为购买这幅绢画,咱家几乎倾尽所有积蓄!

外婆:值! 值! 值!

余新超:这幅画是咱们老祖宗留下的艺术珍宝,一定要收藏好!听说那个罗索夫也到处寻找这幅画,不能让他抢去,带到外国去!

外婆:听说罗索夫是新疆商人?怎么会是外国人?

余新超:那是骗人的。据知情人说,他是俄罗斯人,这些年一直来往于敦煌和新疆,在喀什、高昌、楼兰和黑河沿岸挖掘倒腾古物,还偷盗抢夺,不能不防!

外婆:原来是这样⋯⋯

余新超向店内扫视了一圈,看到墙角的柜子:就把它锁在柜子里吧!

外婆:嗯,好!

余新超把绢画收起来,装进盒子,拿出钥匙打开柜子,外婆将装绢画的纸盒放进去,余新超关闭柜门上锁。

16.古董店　茶座(内　日)

余新超和外婆锁上柜门转到柜台前,只见一位大高个儿,淡黄色头发的人,在中国随从陪伴下走进店门。余新超知道来人是谁,不觉一怔。

余新超:哦,是罗索夫先生啊!

罗索夫:是是⋯⋯

余新超:罗索夫先生光临小店是看古玩,还是字画?

罗索夫:听说余老板从民间淘来一幅绢画,鄙人很感兴趣,特来观赏观赏,一饱眼福!

余新超:哦,那就观赏吧,我这小店里有好几幅绢画哩!

罗索夫观赏店铺,扫视一圈,失望地:余老板啊,俗话说好女百家求,好画人人观。余老板把绢画藏起来不让别人欣赏,不够意思啊!——鄙人要看看那幅水月观音绢画!

余新超明知故问:什么水月观音画?

罗索夫:——从一位小商贩手里淘来的水月观音绢画!

余新超:没,没有啊!

罗索夫:不要糊弄我,我已经去过那个小商贩家了,不过迟了一步!

余新超:哦……

罗索夫:那幅绢画鄙人也梦寐以求,如果余老板想出手,鄙人愿意掏大价钱!

余新超:没有见过那幅画,乡间谣言不可信!

罗索夫转向外婆:余夫人,劝劝余老板吧,我罗索夫可是要掏大价钱买的!

外婆在前台边关顾生意,边注意这面的谈话,听到罗索夫问话,果断地:没有见过那幅画,那是谣传!

罗索夫无奈了,中国随从见软的不行,变脸威胁:余老板,告诉你,我们罗老板想要的东西,绝不会得不到的!

余新超:这个我相信! 现在这个乱世,土匪强盗出没,地痞流氓横行!

中国随从发怒:你你,你是找不痛快啊!

余新超:怎么? 要抢劫?

罗索夫:哎哎,好了好了! 俗话说和气生财,和气生财! 既然余老板不愿出手那就算了,买卖不成仁义在! (向随从)咱们走!

罗索夫:告辞了!

余新超:不远送!

罗索夫和中国随从出门走了。

余新超和外婆愤怒地望着罗索夫和随从远去。

外婆扑到余新超怀里:新超,我怕!

余新超拍着外婆的肩安慰道:别怕! 有我呢!

外婆:罗索夫不会就此罢休,那幅画会招来大灾祸啊!

余新超:我们就说没见过那幅画,看他怎么样!

外婆抚着肚皮,担忧长叹:唉! 咱们的孩子再过几个月就要出生了,我怕你出个什么差错,可咋办啊? 这是个多事之秋啊!

余新超:不要怕！我不会出事的！

外婆宽慰了。

17.城镇　街道(夜　外)

夜幕笼罩下的城镇街市。

有两个蒙面人翻过余家古董店围墙,用铁棍和刀撬后窗,一丝星光映在他们的脸上,他们是罗索夫和中国随从。

窗户撬开了,罗索夫和中国随从翻窗而入……

18.古董店(内　夜)

罗索夫和中国随从打着手电筒,在店铺里搜寻那幅绢画。

他俩用铁棍撬那个柜子,柜门发出咔嚓的破碎声……

19.余新超卧室(内　夜)

余新超和外婆在床上沉睡。

外婆被惊醒,翻坐起来:店铺里好像有人……

余新超:我去看看！

他起身下床,外婆准备跟着去。

余新超:你躺着,别着凉！

外婆:新超,小心点！

余新超拿起床边的手电筒出门,向店铺走去。

20.古董店(内 夜)

罗索夫和中国随从打开柜子翻出那幅画。

罗索夫打开纸盒,取出绢画:水月观音!是它,就是它!

他赶紧将画收卷起来装进盒子和随从出逃。

余新超从侧门进来,见有人:——谁?谁?

他的手电照在罗索夫脸上。

余新超:——罗索夫!盗贼!抓盗贼!

罗索夫和随从欲夺窗出逃,余新超抢步追赶:哪里去?——放下绢画!

罗索夫对随从:快跑!快!

罗索夫翻窗而出,随从准备翻窗,余新超上前抓住他的胳膊,随从见走不脱,向余新超开枪。

"啪——"

余新超随着枪声栽倒,手电筒摔到旁边的地上,随从翻窗出逃!

21.古董店(内 夜)

"新超——"

外婆冲出卧室,跑进古董店,看到倒在地上的余新超,抱住呼叫。

外婆:新超,新超,新超,你醒醒,醒醒——

余新超胸口鲜血直流,指着后窗:……绢画,被罗索夫他们盗,盗走……

他说出这几个字,手臂垂落下来,脑袋歪向旁边死了。

"新超——"

外婆悲戚惨叫。

22.街角黑暗处(外　夜)

罗索夫拿着画逃跑到街角黑暗处,中国随从跟着奔跑过去。

罗索夫:你杀了余老板?

中国随从:嗯……

罗索夫:我们要的是画,怎么能杀人?

中国随从:他死死抓住我不放,如果我被逮住,我们不就全完了?

罗索夫掏出几块银圆扔给随从:——你的工钱!

罗索夫摇了摇头离开。

中国随从掂了掂手里的银圆逃走。

(闪回现实)

23.外婆房间(内,傍晚)

外婆眼含热泪。

门外,余秀芝叫喊:妈！还没有睡吧？

外婆揉揉眼窝里的泪水,应道:哦,还没有……

余秀芝端着饭,李书远端着两个小菜进屋。

余秀芝:妈,您下午没吃饭,吃点吧！

余秀芝和李书远把饭菜放在茶几上。

外婆:妈不想吃！

余秀芝和李书远将外婆扶坐在沙发上，自己也坐下。

余秀芝:妈,是不是哪儿不舒服了？

外婆:妈,这不好好的。

余秀芝:那您……

外婆沉:其实,也没啥,只是看到这个鲍里斯,让妈想起一个人……

余秀芝接话茬:——罗索夫？

外婆:对,他杀害了你爸,抢走了咱家的水月观音绢画,妈忘不了！

李书远:妈,我就知道您今天的病害在这事上,那都是六十多年前的事了,怎么还窝在心里？平日里见个外国游客,就要看看是不是罗索夫,听到个俄罗斯人,就猜测是不是罗索夫的亲属,有时候弄得游客都莫名其妙,看看今晚又……

外婆:妈发现这个鲍里斯跟罗索夫有点像,有罗索夫的影子！

李书远:呵呵呵,您也太敏感了!这世上相貌相像的人多了去了,您就不要乱猜测了,忘掉过去那些事儿,养好身体,幸幸福福,平平安安过您的舒心日子!

余秀芝:妈,书远说得对,不要乱猜疑,这种事让人家鲍里斯听到会见怪的!

外婆:妈总感觉这个鲍里斯就是罗索夫的后人,以后让小帆离他远点,不要黏得太近乎!

李书远:妈,鲍里斯是小帆请来排练舞剧《水月敦煌》的,他扮演波斯王子,让他俩离远点,舞蹈咋排演?这是工作!再说事情都没闹清楚,就让小帆离人家远远的,这叫怎么回事吗?

外婆:等事情闹清楚,他们就黏糊深分不开了!

李书远:妈……

外婆打断李书远的话:啥都不要说了,听我的没错!小帆呢?

余秀芝:跟,跟鲍里斯出去了。

外婆不高兴地:让她回来,到我这儿来!我要叮嘱叮嘱她!

余秀芝:嗯……

24.月牙湖畔 凉亭(外 夜)

鲍里斯和李小帆边散步边交谈,来到凉亭下。

明月当空,湖畔柳枝笼烟。

鲍里斯忧心忡忡的样子,李小帆安慰:放心吧!没事的!

鲍里斯:小帆,你知道吗?本来我要在今晚的家宴上向你求婚的,可,被外婆给搅了。

李小帆:求婚?

鲍里斯:对!(从西装内衣里掏出那支玫瑰花)玫瑰花我都准备好了!

李小帆:这就是你说的惊喜?

鲍里斯:这还不够惊喜吗?——小帆,我爱你,同学几年,多少次要向你表达我的心情,但我怕亵渎了美神!这次我来除了排演《水月敦煌》,更重要的是向你求婚,圆我的梦想!

他忽然单腿跪地,把玫瑰花双手捧在李小帆面前。

李小帆:这……

鲍里斯:我的女神,接受我的爱吧!

李小帆从愣怔醒过来,欣喜地准备接受玫瑰花,远处传来呼喊声:

"小帆——回家了,小帆回家了——"

李小帆神经质地缩回手,回应:妈,就,就回来!

鲍里斯起身,显得有点沮丧。

李小帆歉意地:对不起,妈妈唤我可能有什么事

......

鲍里斯失意地:去,回去吧!

李小帆:鲍里斯,明天见!

鲍里斯:记住,问问外婆,她到底怎么了?

李小帆点头。

李小帆和鲍里斯恋恋不舍分开。

25.小帆家院门前 （外 傍晚）

李小帆从外面走到院门前,看到妈妈余秀芝在院门口等。

李小帆:妈!

余秀芝:回来了?

李小帆:妈,有事吗?

余秀芝:外婆让你过去。

李小帆:嗯!

李小帆准备进院,余秀芝叮嘱:小帆! 外婆她今天心情不好,你要跟外婆好好说话,听外婆的!

李小帆:知道了!

两人进院子。

李小帆向外婆房间走去。

26.外婆卧室（内 傍晚）

外婆坐在沙发发呆。李小帆推开门进来亲热地

叫着"外婆",抱着她的胳膊撒娇卖乖:外婆呬,有啥
事嘛! 都现在了,还叫我过来?

外婆盯望着李小帆,默不吭声。

李小帆:外婆! 望我干啥?下午吃饭的时候,一直
盯着鲍里斯,现在又盯着我,(玩笑地)外婆,是不是
看我跟鲍里斯挺般配的?

外婆:不害羞!

李小帆咯咯笑起来。

外婆:——不要笑!

李小帆吃惊地:外婆,怎么啦?

外婆脸色严肃地:以后离那个鲍里斯远点,不许
跟他来往!

李小帆:为什么啊?

外婆:不为什么!

李小帆:外婆,鲍里斯可是个好小伙子,我们同
学四年,他诚实厚道,业务能力强,参加过国际舞蹈
比赛,还拿过大奖呢!

外婆:外婆不管那些,就照外婆说的做!

李小帆:外婆,您怎么啦? 说变脸就变了,说不讲
理就不讲理了?

外婆:外婆是不讲道理的人吗? 外婆说的全是道
理!

李小帆:外婆……

外婆:听话!

李小帆:外婆!

外婆:就这样!

李小帆起身嘟嘟囔囔:外婆不讲理,不讲理……
向外走去。

27.李小帆房间(内 傍晚)

余秀芝坐在桌前沉思。

李小帆进门:妈,怎么还没去休息?

余秀芝所答非所问:他向你求婚了?

李小帆:妈,您怎么知道的?

余秀芝:从你眼睛里看出的。

李小帆点了点头:……

余秀芝:这是一辈子的大事,不能随便!

李小帆:妈,我跟鲍里斯交往了四五年,鲍里斯
他人真不错……

余秀芝:你外婆同意吗? 妈同意吗? 妈是外婆拉
扯大的,你也是外婆拉扯大的,婚姻大事必须听外婆
的!

李小帆:妈,这是我自己的事。

余秀芝:妈实话告诉你,外婆不会同意,妈听外
婆的,也不会同意! 所以妈劝你趁早跟鲍里斯撇清关
系,不要走得太近,深陷进去,会是一场悲剧!

余秀芝起身走出去,李小帆望着妈的背影,感觉一场暴风雨即将来临。

28.月牙湖畔(外　晨)

清晨,阳光明媚,湖畔树林沐浴在金色阳光里。

一曲敦煌舞曲在湖畔优美舒缓飘荡,李小帆和鲍里斯身着练功服,随着舞曲排练《水月敦煌》;他俩舞姿优美,尽情挥洒着饱满感情,尽力表现剧中内容。

徐晓晓等姑娘陪舞,看到李小帆和鲍里斯默契配合,舞姿优美,羡慕而嫉妒。

忽然,什么东西触动了鲍里斯的神经,他的动作迟钝缓慢下来,跟不上节拍。

李小帆发现后向旁边的放音师挥了挥手:停!

音乐戛然而停,陪舞姑娘也停了下来。

鲍里斯有点沮丧地摇了摇头停下。

李小帆给鲍里斯介绍剧情:鲍里斯,这段舞蹈主要表现波斯王子和飞天姑娘久别重逢,应该表现出相见时的喜悦、兴奋和激动心情,动作既要激情饱满,舒缓柔美,又要表现出男子汉那种特有的阳刚之美,粗犷之气。

鲍里斯:可,可我每次到这里,感觉总是上不去……

李小帆:这是你对角色体验还不深,体验体验就有感觉了。

鲍里斯不置可否地默默点头。

李小帆:这样吧,我带你去莫高窟参观游览,莫高窟有很多舞蹈艺术壁画,从中可以汲取精华,提高我们的舞蹈艺术,顺便也可以散散心!

鲍里斯:好吧!

李小帆:晓晓,你领大家继续排练,我带鲍里斯去趟莫高窟!

徐晓晓:好的!

音乐又响起,舞蹈姑娘们又排练起来。

鲍里斯和李小帆去旁边取挂在树枝上的外衣。

29.景区大门外(外　日)

李小帆驾着车,鲍里斯坐在副驾驶座上,车驶出大门拐上公路⋯⋯

30.莫高窟　洞窟(外　日)

眼前是莫高窟标志性洞窟大佛殿。

李小帆陪着鲍里斯随游客参观游览洞窟壁画,鲍里斯在舞蹈图案的壁画前停住,仔细观看琢磨;鲍里斯和李小帆随着游客进入另一个洞窟游览。讲解员给鲍里斯指点介绍飞天壁画,鲍里斯认真倾听,仔细观看,游客离开了,他模仿飞天舞姿,跃跃欲试,李小帆给他纠正着动作,讲解着。

李小帆:敦煌舞具有中原与印度、龟兹等地乐舞的成分,既吸收了传统乐舞如魏、隋唐乐舞的动作和韵律,又具有现代意识。

鲍里斯:嗯。

他做了一个优美的反弹琵琶舞姿。

李小帆:哎,对,就这样!

鲍里斯收了舞式。

李小帆和鲍里斯随游人走出洞窟,边谈论边向出口走去。

李小帆:有收获吧?

鲍里斯:太大了！通过参观学习,我对波斯王子这个角色的理解又加深了一步,我会把这个角色塑造成功的!

李小帆:好!

李小帆和鲍里斯随着游客走出游客出口。

李小帆:我们去月牙泉吧!

鲍里斯:好!

31.月牙泉　鸣沙山(外　傍晚)

李小帆和鲍里斯随着游客登上鸣沙山。

夕阳西下了，连绵的沙山起伏着锦缎般淡淡的金辉;灵泉似月,晓澈深邃,静若处女。鲍里斯俯视着月牙泉惊呆了,似乎倾听天籁,半晌惊叹。

鲍里斯:月牙泉,多像美人的红嘴唇,更像你弯弯的眉毛,美得让人心疼!

李小帆:鲍里斯,又胡说……

他俩站在山顶,俯视着月牙泉,仿佛朝圣。

月亮升上来了,银辉似霜。

鲍里斯诗情大发,张开臂膀,激情飞扬地:美啊!鸣沙山,美啊!月牙泉,美啊!我的女神,我的女神——我捧着天空的明月,掬着清纯的月牙泉水,向你求爱!

鲍里斯单腿跪地,双手捧在胸前。

鲍里斯:——请接受吧!天空的明月作证,我爱你,永远爱你!

李小帆:鲍里斯,我也爱你,清澈洁净的月牙泉表明我的心!

她捧住了鲍里斯的手。

鲍里斯忽然蹦跳起来:小帆,我太高兴了,太激动了!太激动了!

他翻着跟头,顺沙坡边叫喊边向山下翻滚;李小帆跟着向山下奔跑、翻滚。

到半山坡鲍里斯停住了,李小帆也停住了。两人坐在沙坡上,相互含情脉脉望着,目光闪烁着火花,忽然拥抱,疯狂亲吻,皮球般向山下翻滚,一直从沙山坡滚到泉边的茅草<u>丛</u>中,茅草波浪般飘摇……

32.月牙湖畔 院门前(外 晨)

晨光明媚,湖畔树林花木沐浴在金色晨光里。

李小帆和鲍里斯身着练功服,迎着朝阳晨跑,李小帆美发飘飘。

外婆拄着拐杖,在院门前的湖滨小路上散步。李小帆和鲍里斯跑过来,向外婆打招呼。

李小帆:外婆早!

鲍里斯:外婆早!

外婆见是鲍里斯和李小帆即刻不悦,盯着鲍里斯,鲍里斯有点不自在。

鲍里斯:……

李小帆:外婆,早点回家,路上小心!——再见!(对鲍里斯)走吧!

他俩继续向前跑。

外婆一直望着远去的鲍里斯。

33.排练场(外 晨)

舞蹈姑娘们在排练场踢腿下腰练功。

鲍里斯和李小帆来到排练场,鲍里斯纳闷的样子。

李小帆:怎么啦?

鲍里斯:外婆好像不喜欢我?

李小帆:不要多心!不会的。

鲍里斯默默脱外衣,两人准备排练。

34.小帆家院前(外 日)

外婆立在院门前的树下,两眼望着艺术团方向,深陷在往事中。

余秀芝围着围裙,从大门出来,呼叫:妈,吃早餐了!

外婆好像没有听到,仍望着艺术团方向发怔。

余秀芝上前问:妈,想什么呢?

外婆:妈越琢磨越觉得这个鲍里斯像罗索夫,说不定他就是罗索夫的孙子!

余秀芝:妈,您是不是有点过敏了?

外婆:不!

外婆拄着拐杖向艺术团走去。

余秀芝:妈,您要去哪里?

外婆:去艺术团,妈要亲自问清楚!

余秀芝:妈,您怎么说风就是雨?大清早的。

外婆: 你不要管!罗索夫欠着我们余家一条人命,多少年来,妈每天都在打听他的消息,每天都在寻找这个仇人,总也没有消息,如果这个鲍里斯真是罗索夫的孙子,就找他们偿命!

外婆固执地往前走。

余秀芝见阻挡不住:那,那我陪您去!

她忙解下围裙放在大门旁,搀扶着她前去。

35.艺术团　鲍里斯房间门前(外　傍晚)

余秀芝搀扶外婆走进艺术团大门,向鲍里斯房间走去。

来到房间门前,余秀芝上前敲门,见没人应声推开门,室内无人,她准备拉上门离开,外婆无意看到桌上装画的盒子,不由走进门,拿起画盒打开,展开画卷,忽然失口惊叫。

外婆:啊?!水月观音!水月观音绢画……

余秀芝:什么? 水月观音……

余秀芝凑上来看画。

外婆:是,是那幅水月观音绢画! 是是是……

外婆摇摇欲倒,那幅画落到桌上。

余秀芝忙搀扶:妈,妈,您冷静些,冷静……

外婆站直身子,指着外面:去,去,去你爸那里……

她跟跟跄跄向外走,余秀芝搀扶着……

36.红柳林间　坟冢(外　日)

余秀芝搀着外婆顺红柳林里的小路跟跄向前,

前面出现一座坟冢,墓碑上镌刻着"余新超之墓"几个字。

外婆在余秀芝搀扶下来到坟冢前,外婆望着墓碑,两眼满盈老泪诉说。

外婆:……新超,水月观音绢画有下落了……罗索夫,可恨的罗索夫,他今天终于有了消息,这杀夫夺宝之仇,一直铭刻我心头,现在终于要他加倍偿还了!

37.外婆房间(内　日)

外婆、李小帆、李书远和余秀芝沉默在悲痛愤怒之中。

外婆打破愤懑沉重:……现在一切都清楚了吧?

余秀芝点头:清楚了……

李书远:这个世界说大真大,说小真小,这事怎么就这么巧? 怎么就……

李小帆痛苦的样子。

外婆:小帆,你跟鲍里斯的关系,现在该怎样处理,不用外婆说了吧?

李小帆不作声,泪水在眼眶里旋转。

余秀芝:去! 把这件事告诉鲍里斯,就说我们反对他跟你交朋友,让他趁早死了这份心!

外婆:——马上断绝来往!

李小帆看外婆一眼,不情愿的样子。

外婆:咋啦? 不听外婆的?

李小帆:外婆,我跟鲍里斯交往了四五年,有了很深的感情,咋能说断就断? 那都是六十年前的事了,鲍里斯的爷爷如果活着,都是九十多岁的人了,再说当时杀害外公的凶手,解放后就被政府镇压了,现在还斤斤计较什么? 发展丝路经济,发展丝路文化,需要各国人民互相交流,友好团结! 您就替孙女想想,让孙女自己处理自己的感情好吗?

外婆:不行! ——必须彻底断绝关系!

李小帆没有动。

余秀芝:快去啊!

李小帆还是没有动,看得出情绪异常激动,似乎要爆炸。

外婆见她不动,情绪激动:李小帆,你要干什么? 鲍里斯的爷爷害死了你的外公,你是不是想气死你的外婆? 啊? 咳咳咳……

她咳喘着说不出话来。

余秀芝催促:快去啊! 看把外婆气成了啥样?

李小帆爆发:我,我去——

她声泪俱下,捂着嘴跑了出去。

38.通向艺术团的小路(外 日)

李小帆捂着嘴哭泣着向前奔跑……

39.艺术团院子　鲍里斯宿舍前(外　日)

李小帆跑进艺术团大门,来到鲍里斯的门前准备敲门,但又放下手,向练功房跑去。

40.练功房(内　日)

练功房铺着淡红色的地板,四面是玻璃镜墙。

李小帆在练功房,发疯般蹦跳旋转,发泄内心的痛苦情绪。

四面的玻璃镜墙上出现她杂乱飞旋的身影……

李小帆旋转着,飞快地旋转着……

41.练功房外(外　日)

鲍里斯从外面进来,路过练功房,从窗户里看到李小帆情绪不对,大为吃惊。

鲍里斯:啊! 小帆,怎么啦?

他忙跑进练功房。

42.练功房(内　日)

鲍里斯跑进门,叫喊阻止着:小帆,怎么啦? 怎么啦? 停下停下……

李小帆没有反应,只是越来越快地旋转,好像自残。

鲍里斯:停下! 停下! 小帆停下停下!

李小帆两眼紧闭,泪水纷流,仍在飞快旋转,镜面上是几团旋转的影子,终于支撑不住,身子歪歪斜斜欲倒下去,鲍里斯冲上去抱住她。

鲍里斯:小帆,发生了什么事,告诉我,何苦这么自伤自残自己?

"鲍里斯!——"

李小帆抱住鲍里斯的脖子失声痛哭。

43.外婆房间(内　日)

外婆仍情绪激动,手捂胸膛急促咳喘着,余秀芝和李书远劝说安慰着。

外婆:……这,这个死丫头,气死我了,气死我了……

余秀芝:妈不要生气! 小帆已经去找鲍里斯了,去了……

李书远:妈,不要生气,气坏了身子咋办? 您老的好日子还在后头!

外婆仍拼命咳着,喘不上气来。

余秀芝:书远,快打电话,看医生! 快快!

李书远:好,我打电话!

他掏出手机,摁电话……

44.风景区　卫生所(外　日)

一辆救护车鸣着笛驶出卫生所大门……

45.鲍里斯住房(内 日)

李小帆昏昏沉沉斜靠在沙发背上。

鲍里斯在水盆里绞干毛巾,拭着她脸上的泪痕:小帆,现在该告诉我发生了什么事吗?

李小帆抓住鲍里斯的手:鲍里斯,告诉我,你真心爱我吗?真心爱我吗?

鲍里斯:这还用问吗?我已经给家里发了E-mail,让家里马上替我办手续,我马上就移居中国,落户敦煌!

李小帆:有你这句话,我就能扛得住了!

她搂住鲍里斯的脖子,鲍里斯把李小帆拥在了怀里……

忽然,李小帆的手机响起来,她接起手机。

李小帆:是妈妈,啊?什么?外婆病倒了,(从沙发上蹦起来)在卫生所,我马上过去!马上……

鲍里斯:怎么啦?

李小帆:外婆病倒了,在卫生所,我去看看!

她说着向外跑去,鲍里斯也跟着向外跑去。

46.街道 卫生所门前(外 日)

李小帆和鲍里斯向卫生所奔跑。

47.卫生所院子(外　日)

　　余秀芝正在卫生所院门前翘首观望。

　　李小帆老远叫喊:妈,外婆怎么样了? 好点没有?

　　余秀芝:你快去看看!

　　李小帆向卫生所院子里跑走,鲍里斯紧跟在后面。

　　余秀芝上前拦住鲍里斯:——站住,你站住!

　　鲍里斯站住,李小帆也站住。

　　鲍里斯不解地:阿姨,怎么啦?

　　余秀芝:你不能进去!

　　鲍里斯一怔:……

　　李小帆:为什么?

　　余秀芝:——我有话给鲍里斯说。

　　李小帆:妈! 您要怎么鲍里斯?

　　鲍里斯:小帆,你去吧,阿姨有话对我说。

　　李小帆:妈,你你……

　　余秀芝:快去! 外婆在等你。

　　鲍里斯:去吧,我没事的!

　　李小帆穿过院子,跑进治疗室门。

48.治疗室(内　日)

　　外婆两眼紧闭,昏躺在病床上打点滴,李书远守在床边。

李小帆进门向外婆跑过去,准备呼叫,李书远忙摇手示意不要出声。

李小帆:爸,外婆她好点没有?

李书远把李小帆拉到旁边,低声叮嘱:外婆情绪很激动,血压忽然升高,心脏也不太好,医生注射了安定剂,她刚睡着。记住,外婆醒来后,她说啥,你都点头,千万不要顶嘴,外婆老了,不能惹她老人家生气,有什么事,咱们慢慢商量解决,懂了没有?

李小帆点头:嗯。

李书远和李小帆回到病床边。李小帆抓着外婆的手,轻轻揉搓。

49.卫生所院门前(外 日)

余秀芝给鲍里斯说事儿。

鲍里斯:……请阿姨告诉我,为什么不让我看望外婆?

余秀芝:你不知道?

鲍里斯迷惑不解地摇头。

余秀芝:那好,我告诉你!——因为小帆不听劝,要跟你在一起,所以她外婆气病了!现在如果让她老人家再看到你俩在一起,会是个啥情况?——会要了她的命!这就是不让你去的原因!

鲍里斯:那外婆为啥不让小帆跟我在一起?为什

么啊？

余秀芝:小帆她没告诉你？

鲍里斯:没有。

余秀芝:那我告诉你！——你爷爷叫罗索夫吧？

鲍里斯:是……

余秀芝:六十多年前,你爷爷为了抢夺我家收藏的一幅宋代水月观音绢画,跟随从杀害了我的父亲,小帆的外公！

鲍里斯忽然惊跳起来:什么？阿姨您说什么？我爷爷杀害了……

余秀芝说话间,泪水在眼眶旋转。

余秀芝:你爷爷杀害了我的父亲,你们欠着我们余家一条人命, 一条人命知道吗？——我母亲她愿意见杀夫仇人的孙子吗？会允许她的外孙女跟仇人交往吗？不！我也同样！

鲍里斯惊呆了,呆望着余秀芝,好像在梦中。

余秀芝:现在我替小帆把话说明了,小帆不可能成为你的女朋友,更不可能嫁给你！以后你离小帆远点,不要再纠缠她！

鲍里斯一直发呆。

余秀芝向鲍里斯挥了挥手:走吧！你走吧！

余秀芝转身进了院门。

鲍里斯呆傻半晌,挪动僵直的腿,向艺术团走去。

50.治疗室(内　日)

李小帆和李书远守在病床旁,外婆渐渐睁开了眼睛。

李书远:妈醒了!

李小帆:外婆!外婆!感觉好点了吗?好点了吗?

外婆所答非所问:跟鲍里斯掰清楚没有?

李小帆迟疑地:我,我……

李书远忙接过话茬:已经告诉鲍里斯了,也把话说透了,再不来往了!

外婆问李小帆:是吗?

李小帆:嗯,是,是……

外婆满意地点头:嗯,好。我就知道咱们家小帆是个明白孩子,听话孩子!你想想,鲍里斯的爷爷和那个随从杀害了你外公,是咱们的仇人!

李小帆欲争辩,李书远暗中拉拉她的衣角阻止,李小帆闭上嘴。

外婆继续:再说,鲍里斯的太爷,很早以前就来新疆、敦煌干那些挖古墓,掘古城,盗古物的缺德事,听说还从千佛洞王道士那里骗走了藏经洞的好多经卷,他祖上就是盗贼,咱们能跟他们交往吗?不能啊!

李小帆欲争辩,李书远又拉拉她的衣角,但余秀芝气冲冲进来劈口责问。

余秀芝:小帆! 让你给鲍里斯说清楚,跟他断绝关系,你为啥不说? 为啥还不断?

李书远急阻止:秀芝,不要说了,不要……

余秀芝:我偏要说,这些年让你把她惯坏了,啥事都由着她的性子来!

外婆转向李小帆:你,你刚才给外婆说了假话?

李小帆见事已败露,点头承认,李书远责怪余秀芝一眼。

外婆气氛地:你,你……(说不出话来)

李小帆:外婆,让我说两句话行不行? 您能不能不管我的事? 杀害外公的人是鲍里斯的爷爷罗索夫,不是鲍里斯本人,为什么要拿鲍里斯说事儿? 那都是你们上辈人的事,扯到我们后辈人身上,让我们后辈人付出感情代价公道吗?

外婆激动起来:那你想过没? 让我把你嫁给杀害你外公的仇家,外婆会是啥感受? 舒服吗? 好受吗?

李小帆:外婆,我能体会到您老的感受,可您也要体谅体谅我们晚辈的感受! 我是在您怀抱里长大的,您疼爱我,喜欢我,我也爱外婆,喜欢外婆! 这二十多年里,我事事都听您的,现在我跟鲍里斯的事,能不能就让我自己做一回主?

外婆:不行!

李小帆:外婆……

外婆:你要敢自作主张,就在火葬场见我!

李小帆:外婆,你你——

她气恼地跑出去,余秀芝叫着"小帆"追出去。

51.卫生所院门前(外 日)

李小帆从治疗室跑了出来,余秀芝跟着追了出来。

余秀芝:小帆!你要去哪里?

李小帆:找鲍里斯。

李小帆跑出院子,没有见鲍里斯,问余秀芝:鲍里斯,鲍里斯呢?

余秀芝不回答!

李小帆:妈!去了哪里?

余秀芝:他长着腿脚,谁知去了哪里?

李小帆:你怎么他了?怎么了?(抓住余秀芝)说了什么?——说话啊?

余秀芝狠了狠:——该说的都说了!

李小帆清楚了,放开妈妈,叫喊着"鲍里斯,鲍里斯"去追赶!

余秀芝见女儿去追赶鲍里斯着急了,叫喊:小帆!小帆——

李小帆置之不理,身影很快消失在远处。

余秀芝停住了,摇着头叹息:唉!

52.艺术团院子(外　日)

李小帆叫喊着"鲍里斯,鲍里斯"跑进艺术团院子,直冲进鲍里斯的房间。

屋里空无一人,皮箱行李不见了,她忙掏出手机摁号,手机里传出"暂时无人接听"语音,又摁手机号,手机仍传出"暂时无人接听"语音,她知道他走了,忙夺门而去……

53.风景区　游客停车场(外　日)

旅游车场的牌子醒目地挂在高杆上,几辆游客车停在场上。

李小帆跑进车场,见一辆车坐满游客即将出站,赶紧登上去,扫视车里,见没有鲍里斯跳下车,又登上后面的旅客车,里面只有三个乘客,也没有鲍里斯,她又跳下车。

车场里停着几辆车,她透过车窗挨个寻找,均不见鲍里斯的身影,她焦急万分,满头大汗。车场管理员见她焦急的样子,过来问:找人啊?

李小帆:看见一个细高个外国小伙子了吗?拖着个大皮箱?

管理员：没有。

李小帆：那，前面有车辆出站吗？

管理员：没有。回城的客车下午五点才开车。(指着刚出站的游客车)那是今天回城的第一辆车。

李小帆焦急自语：难道他步行回城了？

管理员：有可能。那里有条便道，直穿过去，就到市区了！

李小帆：那可是二十来公里的戈壁便道啊！

她话没说完，飞快地去追赶。

54.湖畔小道(外　日)

李小帆飞快往前奔跑，半道碰见徐晓晓。

徐晓晓：小帆，出什么事了？急急慌慌的？

李小帆边跑边回答：去追鲍里斯，他走了，走了……

徐晓晓：啥？他走了？怎么回事？

李小帆边跑边回答：不要问了，快追！

徐晓晓怔了怔，跟了上去……

55.胡杨林中的便道上(外　日)

一条便道从胡杨林里穿过，李小帆和徐晓晓奔跑、呼喊、追赶。

"鲍里斯——鲍里斯——"

"鲍里斯——鲍里斯——"

56.红柳丛中的便道上（外　黄昏）

李小帆和徐晓晓循着红柳丛里的便道奔跑、呼喊、追赶。

"鲍里斯——鲍里斯——"

"鲍里斯——鲍里斯——"

57.乱丘丛里的便道上（外　傍晚）

李小帆和徐晓晓在乱丘之中奔跑、呼喊、追赶，但不见鲍里斯的影子。

在李小帆和徐晓晓飞快的脚步中，太阳渐渐坠向西面的地平线。

西天泛起火红的晚霞，夜幕渐渐降临，李小帆和徐晓晓失望地停下脚步。

徐晓晓：咱们这样奔跑，应该说赶上他了，可到现在不见人影，打手机，他不接，戈壁野外信号又不好……

李小帆焦急地呼喊：鲍里斯，你去了哪里啊？

徐晓晓望着渐渐沉落的夕阳焦急地：小帆姐，他是不是迷路了，或者……

李小帆：不要说了！（不愿听到下面可怕的话）

徐晓晓：那我们怎么办？天黑后这荒无人烟的戈

壁沙漠上狼狐出没,可不是好玩的!

李小帆:不要说了! 你马上回去报告消息。

徐晓晓:你呢?

李小帆:继续追赶。

徐晓晓:不行! 黑天黑地的,一个人不行!

李小帆:不要说了,快去!

徐晓晓:小帆姐……

李小帆:——快走!

徐晓晓:那你路上小心,我回去后让李叔叔他们带人来!

李小帆:——快!

徐晓晓:小帆姐,千万注意啊!

她担忧地转身向回奔跑。

李小帆转身蹒跚着脚步,继续向前追赶。

58.卫生所　治疗室(内　傍晚)

李书远和余秀芝闷闷不乐地守在外婆床前。

外婆:……小帆回来没有?

余秀芝摇头:没有……

外婆:赶快把她拉回来!

余秀芝:可,可不知她去了哪里!

外婆:肯定跟那个鲍里斯在一起! 我看这丫头死心塌地了! 疯了! ——书远,赶快叫那个鲍里斯离开月牙湖,不走就赶他走! 现在让他俩分开还来得及,要不就麻烦大了!

李书远苦笑:妈,怎么可以赶人家走呢? 这没道理,没道理的事咱们不能干!

外婆:怎么没道理? 怎么不能干?

李书远:妈,这是旅游景区,是中外游客参观游玩休闲的地方,来的都是客,我们都应该欢迎,怎么可以赶人家走呢? 再说,鲍里斯这次来咱们月牙湖,是排练《水月敦煌》舞剧的,这个舞蹈是小帆跟鲍里斯共同研究创作的。

外婆:少给我鲍里斯、鲍里斯的,我听着心里不舒服!

李书远:妈……

外婆:现在就要你一句话,你让他走还是不让走?

李书远:妈,您听我把话说完,说完了再回答您。

外婆:说。

李书远:今天市里通知,把我们的舞剧《水月敦煌》确定为重点旅游娱乐项目,排练出来后要在全市各个旅游景点演出,还要上省里上全国演出!

外婆:说来说去,还是不愿让他走?

李书远:妈,《水月敦煌》可是花了小帆两年多的心血创作出来的! 鲍里斯也帮了她不少忙。现在刚开始排练,您让鲍里斯离开,这不是锅底抽柴,拆小帆的台吗?

外婆:又是鲍里斯、鲍里斯,成心拿刀搅我的心啊?

她又急促咳起来,余秀芝忙揉搓外婆心口,提醒李书远:能不能不提鲍里斯?不知道妈犯啥病吗?咋就哪壶不开提哪壶?

李书远:好好好,不提,不提了!妈,您不要生气,喝口水。

他倒杯水端到外婆面前,外婆抬手挡过水杯,急促咳着:你个李书远,成心气我,气我!

李书远:妈!不是我气您,是您……

余秀芝打断:李书远,你能不能闭嘴?

李书远:好好,闭嘴闭嘴!

59.月牙湖　街道　卫生所(外　傍晚)

徐晓晓飞快向月牙湖奔跑,跑进月牙湖区,又向卫生所奔跑,边跑边叫喊。

"李叔叔——李经理——"

60.卫生所　治疗室(内　傍晚)

外婆边急喘着边要往起坐。

外婆:……李书远,既然你不让鲍里斯走,那我,我走！这里是你们李家，我去城里余家老房子上住，眼不见心不烦，心不痛！——秀芝，扶我起来！

余秀芝显然没想到母亲会做出这样的决定，突然哇地哭叫起来。

余秀芝：妈，您有病，正吊针呢，咋能走啊？咋能这样呢？

外婆：让那个外国人留着，给李书远唱歌跳舞，我们走！

外婆颤颤巍巍要起来下床，余秀芝阻止着。

余秀芝：妈，妈，不能这样，您不能这样啊！让李书远赶走那个鲍里斯就是了，赶走！赶走！

李书远显然也被外婆这个举动震愣了，一时不知如何处理。

余秀芝见李书远傻了似的，吼叫道：李书远，你傻了啊？赶紧劝劝妈，给妈作个保证，赶走那个鲍里斯！

李书远忽然反应过来，忙随口答应：是是是，赶走赶走……

61.卫生所院子　治疗室（内　傍晚）

徐晓晓跑进卫生所院子叫喊着：李叔叔——李经理——

李书远正向外婆作保证，听到喊声震惊。

徐晓晓风风火火冲进门,李书远忙问:怎么啦?

徐晓晓:快快,鲍里斯走了,从便道走的,小帆姐跟我去追赶,追到戈壁深处也没有看到他的人影,怕是出事了,小帆姐让我回来报告消息!

李书远惊跳起来:什么? 他从戈壁便道走了?

徐晓晓:是啊!

李书远:糟了! 那一路荒无人烟,恶狼出没,要是碰到狼群……唉!(对余秀芝和外婆)你,你们都干了些什么啊?(对徐晓晓)快去通知人寻找!

徐晓晓:是!

徐晓晓转身跑出去,李书远跟着跑出门。

62.荒野便道上(外 夜)

戈壁旷野黑沉沉的,李书远、徐晓晓和姑娘们拿着手电筒奔跑呼喊:

"小帆——小帆——"

"鲍里斯——鲍里斯——"

一片杂乱的灯光,一片紧张的脚步呼喊声……

63.荒野便道上(外 夜)

李小帆仍然焦急地追赶着。

一座残破的烽火台静静矗立在夜幕里,李小帆忽然发现什么,眼睛一亮。

——烽火台下有个泥塑般呆立的人影,脚边是一只大皮箱。

李小帆惊喜叫喊:鲍里斯! 鲍里斯——

向烽火台飞奔而去。

64.烽火台下(外　夜)

李小帆跑过去,抓住鲍里斯,好像怕他消失了。

李小帆:可找到你了,可找到你了,你让我追的好苦啊!

鲍里斯呆立不语。

李小帆:鲍里斯,你为什么要走? 为什么不辞而别? 为什么?

鲍里斯沉默不语。

李小帆:为什么? 为什么啊?

李小帆推摇着鲍里斯,他沉默不语。

李小帆:我知道,我妈把一切都告诉你了,我知道外婆和妈妈赶你走,——可你难道不懂我的心? 我的心是你的! 鲍里斯,回去吧! 我们回月牙湖吧!

鲍里斯:小帆,我不能回月牙湖……

李小帆:为什么? 为什么?

鲍里斯:我的出现,揭起了你外婆心头的伤疤,她病倒了,阿姨也痛苦不堪,我现在搞得你们全家鸡犬不宁,我还能回去吗? 还能给外婆和阿姨添乱添堵吗？

李小帆：可你考虑过我的感受吗？考虑过吗？
——你这是在撕我的心哇！

她突然声泪俱下，放开鲍里斯跑到旁边大哭起来。

鲍里斯走到李小帆身边：小帆，不要难过，都是我不好，都是我不好……

李小帆抱住鲍里斯：回去吧！我们的舞剧《水月敦煌》需要你，我们共同的事业离不开你！

鲍里斯：小帆，这些我都考虑过，可是……

李小帆：可是什么？难道不要我们多年建立的感情了吗？

鲍里斯：不！（忽然叫喊）我们的事业，我们的感情，都要，要！可，可我已经给你们家带来灾难，我再要回去，外婆和阿姨不知会怎么样？你让我怎么办？怎么办啊？

李小帆：不是还有我吗？

鲍里斯：你的压力已经够大了，我不能再给你增加压力！我走了，一走百了！

李小帆：遇到一点困难就唉声叹气，遇到个坎儿就退缩——哪像个男子汉？——走吧，你走吧！我送你回家，过你的安生日子，享你的清福去！

李小帆提着皮箱往前走，鲍里斯忙追上去：小帆你听我说,你听我说!

李小帆不理,提着皮箱向前急走,鲍里斯追上去
……

65.红土崖下(外　夜)

李小帆提着皮箱往前走,鲍里斯叫着"小帆"紧
紧追赶。

忽然前面的野地里出现无数只绿莹莹的"灯
盏",李小帆惊叫:啊!狼!狼!

鲍里斯也发现了,惊叫:啊!狼!狼……

几只灰狼号叫着,向前拥扑上来。

李小帆见旁边有道红土崖,忙拉起鲍里斯:快
跑!快躲起来!

李小帆拉着鲍里斯跑到土崖下,背靠土崖。

狼群扑了上来,李小帆和鲍里斯用挂包甩打,用
石头砸。

但狼多势重,越围越近,危在旦夕……

66.戈壁旷野里(外　夜)

旷野里出现手灯光和呼喊声。

"小帆——小帆——"

"鲍里斯——鲍里斯——"

李书远和徐晓晓带着人,打着手电筒和手灯呼喊

着赶来。

灯光、喊声和脚步声杂乱无章,搅动着黑沉沉的旷野。

67.红土崖下(外 夜)

狼群猛烈向李小帆和鲍里斯拥扑,李小帆和鲍里斯叫喊着用挎包甩打着。

李书远和徐晓晓们打着手电筒,呼喊着越来越近。

狼群看到晃动的灯光和呼喊的人群停止冲扑,调头恋恋不舍逃遁。

李小帆看到狼群仓皇退走,背靠土崖软软滑坐在地上。

鲍里斯也背靠土崖软软跌坐在地上……

68.艺术团 鲍里斯房间(内 晨)

鲍里斯、李小帆、李书远、徐晓晓和姑娘们回到了月牙湖。

大家把鲍里斯送进房间,徐晓晓将鲍里斯的拉杆皮箱放在矮柜上。

鲍里斯满脸汗渍,头发凌乱,神情沮丧,狼狈不堪的样子。

李书远抚着他的肩:鲍里斯啊! 这两天让你受委

屈,受苦了,叔叔对不起你!

鲍里斯:不,叔叔!外婆和阿姨的心情我理解!真的!毕竟我爷爷当年为了抢夺那幅水月观音杀害了小帆的外公,毕竟我们欠着一笔难以偿还的血债!要是我,我也想不通,也会这样干的!

李书远:理解就好,叔叔怕你想不开,心里有怨气!

鲍里斯:叔叔,我没有想不开,更没有怨恨叔叔和外婆、阿姨的意思,只是觉得给叔叔和大家添了麻烦,昨晚为寻找我,让叔叔和大家奔忙了一整夜!

李书远:不说这些了,你能回来就好!天已经亮了,先吃点东西,然后好好睡一觉,好好歇歇!

鲍里斯:嗯。

69.小帆家院子(外 晨)

外婆胳膊腕里挎着包袱,拄着拐杖气呼呼地往外走。

余秀芝追赶上去拉住她:妈,您这是干啥?为啥非要走?非要走?

外婆:李书远把鲍里斯请回来了,我不走留在这里干啥?

余秀芝:妈,我们不管他,他们爱怎么折腾,就让他们折腾去,您刚从医院出来,就在家好好养着,过您的安闲日子!

外婆:这样的日子,我过不下去,让我走!

余秀芝阻挡着:妈,您都快八十岁的人了,一个人去老房子谁照管啊?

外婆:我自己照管自己!

她抛开余秀芝快步出了门。

余秀芝叫喊着"妈妈"追出门。

70.停车场上(外 晨)

外婆拄着拐杖快步向车场上走,余秀芝叫着"妈妈"跟在后面劝阻。

余秀芝:妈,妈您听话,不要走……

外婆不理不睬,快步往前走。

一辆旅游客车正好开过来打开车门,外婆要上车,余秀芝拉住她不放。

余秀芝:妈,您听我一句话好不好?妈——

外婆:什么都不要说,妈说走就走,谁也挡不住!

余秀芝:妈,您就是走,也得治好病再走啊!

外婆发怒了:放开!我死不了!

她抛开她的手,登上了车。

客车开动了,余秀芝叫喊着追赶:妈,妈——

客车远去了,余秀芝无望地停下来,向艺术团跑去。

71.艺术团院子 （外　晨）

余秀芝焦急叫喊着"李书远——李书远——"跑进院子。

72.鲍里斯房间(内　晨)

李小帆听到余秀芝焦急的呼喊。

李小帆:是我妈妈!

李书远感觉发生了什么事,忙向外走去。

李小帆和徐晓晓们跟着出去,鲍里斯也跟了出去。

73.鲍里斯房间门前(外　晨)

余秀芝慌慌张张跑上来,李书远和李小帆迎上去。

李书远:怎么了? 出啥事了?

余秀芝:妈走了! 去了城里的老房子!

李书远:啥时候走的?

余秀芝:刚上旅游客车走的。

李书远:你怎么不拦住?

余秀芝:妈的性格你又不是不知道,她要走,拦得住吗?

李书远:她一个孤寡老人,腿脚又不好,去城里谁给她做饭?谁给她洗衣?谁给她端茶倒水?怎么生活?唉!

余秀芝:都是你们闹的!现在闹得鸡犬不宁,看你们怎么办?

李书远:行了!说这些干事?还嫌乱得不够!小帆,赶快和你妈去城里,把外婆接回来!

李小帆:嗯!

李小帆和余秀芝向家里走去。

李书远自言自语嚷着:净添乱!净添乱!

他气哼哼地跟余秀芝和小帆去了。

人群议论纷纷:

"在女婿家过得多幸福多舒心,咋就要走？一个人咋生活？"

"怄什么气啊？有什么想不开的？这老人真是的……"

人群议论着散了。

鲍里斯站在人群后,知道外婆因他而出走,茫然不知所措,默默向自己房间走去。

74.外婆的老房子(内 日)

一座小四合院的房间,老式家具,老式床栏,老式柜桌,看起来有点古旧。

外婆拄着拐杖,拿着鸡毛掸掸桌凳笼箱上的灰尘,桌上放着带来的包袱。

75.老房院门前(外　日)

　　李小帆的红色小轿车顺小巷驶过来,停在四合院门前,余秀芝下车跑进院门。

　　李小帆下车跟着跑了进去。

76.外婆的老房子(内　日)

　　外婆还在掸灰尘,整理床铺。

　　余秀芝跑进门见妈妈打扫卫生,心痛地:妈,这是干啥嘛? 咋就来吃这苦头?

　　外婆半晌不说话,继续掸灰尘。

　　余秀芝:妈,回去,我来接您回去!

　　余秀芝要夺外婆手里的鸡毛掸子,外婆拨开她的手:别动!

　　余秀芝:妈! 您这是何苦哩!

　　外婆:我住这里舒心!

　　余秀芝:妈! 您一个人住这里吃呀喝呀的,多不方便,有个病啊灾的,谁照顾您? 您这不是给我这个做女儿的出难题,找难看吗? 听我一句话,回去!

　　她说着拉起外婆的胳膊往外走。

　　外婆:放手!

　　她抛开余秀芝的手,继续打扫。

余秀芝:妈!

外婆发狠地:你们把那个鲍里斯接回来了,就跟他去过,妈不回去!

门外,李小帆向屋里走来,听到外婆的话不由停住脚步,立在门旁倾听。

屋里,余秀芝劝说:妈,鲍里斯回来就回来,他住在艺术团,您住在家里,我们不让他来咱们家,不让他跟小帆来往不就行了!

外婆:你以为不来往就什么都没有了?那是一笔血债!妈给你说句贴心窝子的话,妈也不愿离开月牙湖,可你知道吗?妈一听那个名字心里就悲伤,心头的伤疤就痛!就痛!就流血,你要为老妈想想啊!

外婆眼睛湿了。

余秀芝动情地:妈!我知道您心里流着血,可您不能一个人住在这里,您一个人孤零零住在这里,做女儿的于心不忍啊!我们全家人团团圆圆、幸幸福福过了几十年,现在妈老了,不能因为这事,让您离开家,离开我们!

她扑到妈的怀里,外婆搂住她:女儿啊,我的好女儿,只有你懂妈的心!

余秀芝:妈,回家吧!回家吧!

外婆又坚硬起来:不,妈说过,只要那个鲍里斯在月牙湖,妈就不回去!

余秀芝:妈！您怎么这样？

外婆:妈就这样！

余秀芝还准备劝说,外婆打断:不要说了,妈的脾气你知道,从来说一不二,你回去,告诉李小帆和她老子,他们要我这个老太太回去,就叫那个鲍里斯走开,要是留那个鲍里斯,就别来这里找我！

门外,李小帆听外婆死心了,失望地转身向外走去。

屋内,余秀芝无奈而茫然地发呆。

外婆:回去,走吧！

余秀芝没有动,半晌起身出门。

77.老房子院门前(内　日)

李小帆坐在小轿车驾驶座上郁闷的样子。

余秀芝从院子里出来, 到轿车跟前敲敲车窗玻璃:小帆！

李小帆:哦,是妈……

余秀芝:小帆,你回去吧。

李小帆:你呢？

余秀芝:我不回去,跟外婆在一起！

余秀芝说完向院里走去,李小帆下车追上去:妈,您不回去啊？

余秀芝:我走了,谁给外婆做饭？谁伺候她？谁照看她？——看看你们干的好事，非要把一家人弄得四零五散才高兴！

李小帆：妈，你理解理解女儿行不行？外婆离家来这里，我心里也难受，可，这是我的过错吗？

余秀芝：不都是你惹的事吗？搁着敦煌那么多的好小伙不找，非要找个外国人，外国人就外国人，偏偏又是……你让妈说啥哩？外婆说的那些话，想必你都听到了，回去告诉你爸，让他尽快拿主意！

余秀芝说完，转身进了院门。

"妈——"

李小帆怔在那儿了。

78.公路上（外　日）

李小帆苦闷地驾车往回走。

79.小帆家客厅（内　下午）

李书远坐在沙发里，李小帆站在旁边望着爸爸。

李书远：……外婆她坚决不回来？

李小帆点头。

李书远：你妈她也不回来？

李小帆点头。

李书远愤愤地：你妈也是，怎么跟着外婆凑热闹！

李小帆：妈还让我转告外婆说的话……

李书远:什么话?

李小帆:外婆说,我们要让她回家,就让鲍里斯走,鲍里斯不走,她就不回来,也不让我们去老房子找她!

李书远:这,这是外婆逼我们投降!

他起身在屋里踱起来。

李小帆默默转身出了门。

80.野外　空镜头(外　黄昏)

夕阳坠向遥远的地平线,西天泛起火红的晚霞;

飞鸟鸣叫着在天空飞旋几圈进入树林;

几峰骆驼在夕阳里高昂着头颅,望着远处……

81.月牙湖畔(外　傍晚)

李小帆孤身在湖畔小径漫无目标地走动。

夜幕渐渐降临,湖面波光粼粼,两只白天鹅在湖中游弋。李小帆慢慢停住脚步,望着湖中的白天鹅,眼睛里涌出泪花。

一只手从后面搭到她肩上轻抚着,她转身一看,是她爸爸李书远。

李小帆:爸!

李书远:小帆,你哭了?

李小帆:爸,我该怎么办?

李书远:小帆,爸问你一句话。

李小帆:爸,您说。

李书远:真心爱鲍里斯吗?

李小帆:爱!

李书远:鲍里斯真心爱你吗?

李小帆:爱!

李书远:那你就大胆地爱,大胆地追求! 爸爸支持你们! 外婆和你妈那头,我明天去城里劝说劝说,我想外婆会明白的。

李小帆:爸爸,您真好!

她扑到爸爸怀里。

李书远:小帆,爸爸有件事求你!

李小帆:爸爸,什么事?

李书远:你跟鲍里斯一定要齐心合力,把舞剧《水月敦煌》搞成功,这不仅仅是全市的一项文化工程,也是中外商贸文化交流的桥梁!

李小帆:一定! 爸!

李书远:天黑了,早点去休息!

李小帆:嗯!

李小帆轻松地走了。

82.老房子院门前(内　日)

李书远驾着小轿车来到老房子院门前停住,下车向院子走去。

他刚要进院门,余秀芝端着水盆从院门走出来,两人相遇。

余秀芝:你来干啥?

李书远:来接妈回去呀!

余秀芝:鲍里斯走了?

李书远:没有。

余秀芝:没有你来干什么?惹妈生气上火啊?

李书远:看你,我是想跟妈好好谈谈,让老人家回家。

余秀芝:我劝你还是不要去见妈。她的心情今天刚刚平静了些,你再去提说那些事,又会勾起她的伤痛,这些日子已经把老人家折磨得够受了!

李书远:那,总不能让妈一个人待在这里,再说我跟小帆都上班,你在这里陪着妈,谁给我们做饭?

余秀芝:妈说了,要让她回去,就让鲍里斯走!——我也是这个意思!

李书远忽然火了:这不是胡闹吗?咱们能这样干吗?你们真是,都是六十多年前的事了,还死死记在心里忘不了,怎么就不能想开点,对人家鲍里斯大度些,宽容些?

余秀芝也忽然火了:李书远,如果你爸爸被罗索夫他们杀害了,你能忘掉吗?你能想开吗?你能对鲍里斯大度些吗？罗索夫杀害的不是你的亲人,你不理解,所以你心不痛!

　　李书远:你,你……

　　余秀芝:和和气气、平平安安的家,硬是让你们父女搅得鸡犬不宁,四零五散! ——快走吧,再不要火上浇油添乱了!

　　余秀芝把盆里的水泼出去,回头走进院子。

　　李书远愣住了,半晌驾车垂头丧气往回走。

83.小帆家院门前(外　日)

　　李书远驾着小轿车回到月牙湖, 到家门前停住下车,垂着脑袋往家走去。

84.月牙湖畔(外　日)

　　李小帆、鲍里斯和姑娘们正在排练舞蹈。

　　李小帆老远看到爸爸的车回来了,对徐晓晓说:我去去就来。

　　她拿起旁边把杆上放着的外衣离去了。

　　鲍里斯见李小帆忽然离开, 知道发生了什么事情,也停下来。

　　徐晓晓不解地:怎么了? 怎么停了?

　　姑娘们也跟着议论纷纷:出什么事了? 出什么事了?

鲍里斯对徐晓晓和姑娘们抱歉地:我有点事,去去就来,你们继续。

他拿起搭在把杆上的外衣,沿湖畔小道向李小帆家走去。

李小帆和鲍里斯的突然离开,让姑娘们有点不解,音乐也停了。

大家望着鲍里斯的背影,小声议论。

姑娘甲:小帆和鲍里斯又怎么了?魂不守舍的?

姑娘乙:是不是小帆的外婆又跟小帆爸闹起来了?要这样闹下去,咱们这舞剧怕是排演不下去了!

姑娘甲:我早就说波斯王子由我女扮男装,你们都说在外面请演员,看看现在闹的……

徐晓晓:你们少说两句行不行?小帆姐也没想到事情会闹到这种地步,她和鲍里斯现在心里都很难受,很痛苦,知道吗?

姑娘乙:那我们的舞剧还排不排了?

徐晓晓:排,怎么不排了?

姑娘乙:可这两天排排停停,照这样下去,黄花菜都凉了!

徐晓晓:放心!小帆姐会处理好这件事的,咱们的舞剧黄不了!

85.小帆家院子(外　日)

李书远独自坐在院子里的凳子上发呆。

李小帆匆匆进来:爸,您回来了?

李书远故作轻松的样子:回来了!

李小帆:外婆她没回来?

李书远:你妈把爸爸拦在门前,爸爸连你外婆的面都没见着。

86.小帆家院门旁(外 日)

鲍里斯匆匆向李小帆家赶来,到院门前听见里面有说话声停住脚步。

87.小帆家院子里(外 日)

李小帆:我妈她真糊涂!

李书远:看来你外婆铁了心,鲍里斯不走,她不会回家。你妈也跟着起哄,鲍里斯不走,她也不会回家!两头都逼我们!唉!

李小帆:我妈她怎么也变得这么顽固了,真不可思议!

李书远:可以理解,罗索夫和那个随从杀害了她父亲,换位思考,给我,我也会这样对待鲍里斯的!

李小帆:那,那我怎么办?

李书远站起来:先不着急,继续你的工作。时间是最好的消化剂, 让你外婆和你妈在城里住一段时间,冷静冷静,相信外婆和你妈都会回心转意的。

李小帆点头。

88.小帆家院门旁(外　日)

鲍里斯听此情况,痛苦地转身离开,无目标地向外走去。

89.胡杨林(外　日)

鲍里斯孤身无目标地向前走着,走进了胡杨林。

胡杨林里有站着的、活着的、干枯的、歪斜的胡杨树,还有斜躺横卧的树干。

画外李书远音:"看来你外婆铁了心,鲍里斯不走,她是不会回家了。"

"你妈跟你外婆也一样铁了心,鲍里斯不走,她也不会回家!……"

这些话轮番撞击着他,他心里呼喊着:我该怎么办?怎么办?

他往前移动着,停在一棵胡杨树前,自语道:还是离开吧,对!离开!

他转身向艺术团走去。

90.艺术团院子　(外　日)

鲍里斯走进院子,走进他的房间。

91.鲍里斯房间(内　日)

鲍里斯进门收拾行装,往箱子里装东西。

他收拾好东西,找一张纸,坐在桌前写留言:"小帆,我走了,不要难过,我还会回来! 鲍里斯。"

他写好留言,拖着拉杆皮箱准备离开,有人出现在门口,是李小帆和李书远。

鲍里斯:小帆,李叔叔……

李小帆不解地望着他:你,你这是?

李书远:鲍里斯,知道你很委屈,我和小帆过来看看你!

鲍里斯:谢谢叔叔,谢谢小帆!

李书远:鲍里斯,不离开行吗?

鲍里斯:叔叔! 我必须离开,我不能眼看着你们这个和和睦睦的家四分五裂,不能眼看着小帆和叔叔为我里外受气!

李小帆嚷起来:可你理解我的心情吗? 考虑过我的感受吗?

鲍里斯:我知道你很痛苦! 可……

李小帆:——我说过,一切有我顶着! 你怕什么?

她跨进门,不由分说从鲍里斯手里抢过皮箱,拖回屋里。

鲍里斯:小帆,你听我解释,听我解释……

李小帆:什么也不要说,我不想听!

鲍里斯:小帆,我回去以后还会回来的,会回来的。

李小帆:我说了,你什么也不要说!(把皮箱拍在矮柜上)

鲍里斯怔住了。

李书远进门,劝李小帆:不要嚷,让鲍里斯把话说完。(对鲍里斯)有什么想法,说吧!

鲍里斯:叔叔,我已经想好了,决定离开月牙湖回家去。现在外婆和阿姨成了这样,我留在这里不但化解不了矛盾,还会适得其反!我回去后,把这里发生的事情告诉爷爷,让爷爷亲自来一趟……

李书远:让你爷爷来一趟?

鲍里斯:对!有句俗话叫解铃还须系铃人。我要让爷爷亲自前来向外婆赔罪道歉,亲自把那幅画还给外婆,争取外婆和阿姨的谅解,这样总会化解矛盾的!

李小帆:解铃还须系铃人?你怎么不早说呢?

鲍里斯:你直嚷着,我能插上嘴吗?

李小帆笑了,望着爸爸:爸爸,您看呢?

李书远:鲍里斯这个想法很好!为了建设丝绸之路经济带,让这条古老的商贸文化之路再度辉煌,应该让那些老人们互相走动走动,化解当年的那些恩恩怨怨,搭起友好桥梁! 鲍里斯,你回吧! 叔叔支持你!

鲍里斯:谢谢叔叔! 那我走了!

李小帆:我送送你!

92.外婆的老房子(内 日)

外婆坐在椅子上发呆,余秀芝喜鹊般叫着"妈妈"跑进来。

外婆:咋啦? 大喊大叫的?

余秀芝:那个鲍里斯走了,走了!

外婆:真走了?

余秀芝:真的,真的,已经离开好几天了! 我们该回家,该回月牙湖了! 城里人多车多嘈杂,闹得人睡不好觉,出出进进也不方便,还是我们月牙湖方便。

外婆:才几天时间就坚持不住了?

余秀芝:嗯。

外婆:书远和小帆什么态度?

余秀芝:他们巴不得呢,这些日子他们父女又要上班又要做饭,洗锅刷灶,里外忙活,已经累得够呛!

外婆:哦……

93.俄罗斯小城镇 (外 日)

尖顶拱形屋顶的建筑,红墙大街。

街上有来往的行人。

94.罗索夫房间(内　日)

一位俄罗斯老人，面对房屋壁橱里的古物件发呆。

半晌，默默走近窗户，向外眺望。他是个老态龙钟的老人，留给我们的始终是背影。从房间外面透过窗玻璃，模模糊糊可以看到老人眼睛湿润……

95.鲍里斯家院子(外　日)

鲍里斯拖着拉杆皮箱，肩背挎包进了院子，透过玻璃窗看到老人的身影。

鲍里斯：爷爷，爷爷，我回来，我回来了！

透过玻璃窗，罗索夫慌忙擦拭眼睛，而后应声：鲍里斯，鲍里斯，你回来了！快进屋，快进屋！

鲍里斯拖着皮箱进了屋子。

96.罗索夫房间(内　日)

鲍里斯进了房间，放下皮箱扑向爷爷。

鲍里斯：爷爷，您可好？可好？

罗索夫：好好好！

罗索夫拍着鲍里斯的背，着急地：找到那家人了吗？找到了吗？

鲍里斯放开搂着爷爷的手，望着爷爷不知怎么回答。

罗索夫：没找到？

鲍里斯沉默半晌，难言地：找到了……

罗索夫：她们好吗？爷爷每天祈祷上苍保佑她们，宽赎爷爷的罪过……

鲍里斯又迟疑半晌：她们过得很好，可是……

鲍里斯难过地不知怎么述说。

罗索夫已经猜到了，叹着：她们肯定不会宽恕爷爷，肯定不会……

鲍里斯：爷爷要找的余夫人，是小帆的外婆……

罗索夫大惊：小帆的外婆？！

鲍里斯：小帆外婆不但不愿见我，而且跟小帆和小帆爸爸闹翻了，一个人出走，现在她们一家四零五散，我只好回来。

罗索夫怔住了，鲍里斯望着爷爷。

罗索夫沉痛长叹：这都是我们祖辈的罪孽啊！当年爷爷跟你的太爷为了古物侵扰过那片土地，犯下了不可宽恕的罪过，爷爷还为了那幅水月观音绢画，铤而走险杀了人……唉！罪过罪过！

鲍里斯默默点头。

罗索夫：看来，这个罪责，需要爷爷亲自化解，亲自赎罪！

鲍里斯:爷爷,我也是这个意思。

罗索夫:那好,我们准备准备,前去敦煌。

97.游客停车场(外　日)

李小帆和李书远以及艺术团姑娘怀抱鲜花在停车场迎候客人。

一辆面包客车驶进月牙湖停车场,鲍里斯搀扶着老态龙钟的爷爷下了车。

"鲍里斯和他爷爷来了!欢迎,欢迎!"

李小帆、李书远和徐晓晓以及姑娘们摇着手里的花束欢迎。

"鲍里斯——"

李小帆摇着花束。

鲍里斯看到李小帆激动地招手:小帆——小帆——

李小帆、李书远和徐晓晓以及姑娘们拥到客人跟前。

鲍里斯给他爷爷介绍李书远和李小帆:这是李叔叔,这是小帆,这是我爷爷!

李小帆:老爷爷好!

李书远握住罗索夫的手:老先生好,一路辛苦了!

罗索夫许是激动,眼圈湿润,抓着李书远的手,嘴唇颤抖着说不出囫囵话。

　　罗索夫：你们好，好好……

98.小帆家院子里（外　日）

　　外婆坐在树荫下的躺椅上边乘凉边捡菜。

　　余秀芝从外面急慌慌跑进院子，紧张地叫着：妈！妈！妈！

　　外婆：咋啦？叫魂似的。

　　余秀芝：那个鲍里斯跟他爷爷罗索夫来了！

　　外婆好像没听清楚：啥？罗，罗索夫来了？

　　余秀芝：罗索夫来了，小帆和艺术团姑娘们都在停车场上欢迎哩！

　　外婆：啊?!（手里的菜滑落下去）

　　余秀芝见此情景，不敢吱声了。

99.罗索夫下榻的房间（内　日）

　　鲍里斯、李小帆、李书远等陪着罗索夫说话喝茶。

　　罗索夫许是心里着急，有点坐卧不安。

　　罗索夫：鲍里斯，准备准备，我们去小帆外婆那儿！

　　鲍里斯：嗯，好！

　　鲍里斯去旁边收拾绢画和礼品。

李书远:老人家不着急,刚下车,歇歇再说!

罗索夫:小帆爸爸,你是不知道的,这件事,一直是我的心病,六十多年了,好像石板死死压在我心里,内疚、愧歉折磨得我苦不堪言,我想尽快见到余夫人,尽快向她和家人赔罪道歉,争取她的谅解,谅解!

李书远:那好,我回去准备准备吧。一会儿让小帆和鲍里斯陪老人家过来!

罗索夫起身送李书远,李书远劝阻:老人家不用客气,不用客气! 您坐,坐!

罗索夫还是把李书远送出了门。

100.小帆家院子里(外　日)

外婆愣愣坐着,余秀芝呆望着外婆。

李书远从外面进了院子,向外婆打招呼:妈……

外婆不应声。

李书远:妈……

外婆:听说罗索夫来了?

李书远:嗯。

外婆:他来得正好! 咱们敦煌有句俗话:朋友来了有酒肉,敌人来了有棍棒!

李书远欲说什么,余秀芝忙向他使眼色制止。

李书远视而不见,蹲下身子,耐心地:妈,罗索夫是专门来看望您的,要来咱们家亲自向您赔罪道歉!

外婆:我知道这是你和小帆的鬼点子,你们父女心里打什么小九九,我清楚!

李书远:妈……

外婆:李书远,你不要想着法子让别人来撕我的心行不行?

李书远:妈……

余秀芝打断:让你别说你就别说了,怎么不听?不知道妈犯什么病啊?

李书远看余秀芝一眼,低声道:罗索夫马上就要来咱们家,不说通妈,不是给人家难堪吗?

外婆听到了,大声问:罗索夫要过来?

李书远:嗯……

外婆忽地站起来:你让他别来,我不会见他!他真要来,惹恼了我,我会动棍棒的!

她拿起身旁的拐杖,起身向自己的房间走去,地上的小凳被撞倒。

李书远追上去:妈——

外婆进门后啪地摔上门板,李书远被挡在了门外。

余秀芝向李书远撒气:你,你!家里刚安稳了几天,你又把他们招引过来,这不是成心要老人的命吗?

李书远:你能不能小声点?鲍里斯的爷爷马上就

来了。

余秀芝:我又没干杀人偷抢的事,怕啥?

101.小帆家院门口 (外　日)

罗索夫在鲍里斯和李小帆陪扶下已经来到院门口,听到外婆的摔门声和余秀芝与李书远的争吵停住了。

鲍里斯担忧地望着罗索夫。

李小帆也望着罗索夫。

102.小帆家院子里(外　日)

李书远从院门里看到罗索夫已经到来,忙上前迎接。

李书远尴尬地:老先生来啦?欢迎,欢迎!请请请……

罗索夫"哦哦"两声,脚步有点机械地走进院子。

一直在院子里发愣的余秀芝,见罗索夫来了,礼貌性地迎上去。

余秀芝:老人家您好!

李小帆介绍罗索夫和妈妈:妈,这是鲍里斯的爷爷,这是我妈妈!

罗索夫:哦,小帆妈妈好,好好!

余秀芝附和地:老人家好……

罗索夫一直望着外婆的房间门,期待那扇门里出现奇迹。

李书远为了打破僵局,让罗索夫去他们的房间:请,屋里请,屋里请!

罗索夫好像没听到似的,却向外婆房间走去,到门口慢慢停住。

李书远和余秀芝跟随去,无声地立在旁边。

罗索夫凝望着房门,眼睛潮湿了,半晌嘶哑着嗓音开了口。

罗索夫:余夫人,我,我是罗索夫,当年我跟我的同伙见利忘义,为抢夺那幅绢画丧心病狂,杀害了您的丈夫,让夫人新婚刚六个月就失去丈夫,让您的女儿还没有出世就失去了父亲,我罪该万死,罪该万死啊!

余秀芝听着自己的悲惨身世,流出悲痛的泪水。

罗索夫:这次我从俄罗斯过来,是专门还那幅水月观音绢画的,是专门来向您赔罪道歉的!

他的眼睛湿润了,屋里却没有反应。

罗索夫:余夫人,我是真心来向夫人和您的家人赔罪道歉的! 真心的!

103.外婆房间(内　日)

外婆坐在沙发里,凝视着柜桌上丈夫的遗像,似乎处在当年那个悲惨情境中。

（闪回画面）

古董店（内　夜）

外婆冲出卧室,跑进古董店,抱住倒在地上的余新超呼叫。

外婆:新超,新超,新超,你醒醒,醒醒——

余新超胸口鲜血直流,指着后窗:……绢画,被罗索夫他们盗,盗走……

他说出这几个字,手臂垂落下来,脑袋歪向旁边死了。

"新超——"

（闪回现实中）

外婆老泪纵横……

104.外婆房间门前（外　日）

罗索夫见外婆不开门,老泪纵横。

李书远看到罗索夫痛苦的样子,眼睛湿润了。

李书远:妈!鲍里斯的爷爷是真心来赔罪道歉的,是真诚的!那件事一直也是他老人家的心病啊!六十多年来老人家心里一直内疚、愧歉、难受啊!这次老人家专程来见您,向您和家人赔罪道歉,争取您的谅解!

李小帆的眼睛也潮湿了。

李小帆:外婆,过去的事就让它过去吧,要面对未来向前看,为后人搭起友谊的桥梁!开门吧!开门吧!

屋内仍不见反应。

105.外婆房间(内　日)

外婆仍坐在沙发里,凝望着丈夫的遗像,老泪在眼眶里旋转……

106.外婆房间门前(外　日)

李小帆见外婆不开门,年轻人的火气突发,嚷叫起来:外婆!鲍里斯的爷爷已经赔罪认错道歉了,还不开门,太过分了!

余秀芝:小帆,怎么跟外婆说话呢?

李小帆:外婆她太过分了!

李小帆和母亲正争嚷,罗索夫忙制止:理解,理解!应该理解,要是我,也会这样,毕竟我跟我的同伙杀害了……

他许是过于激动,忽然身子摇摇欲倒。

李书远忙扶住罗索夫:老先生,您怎么啦?老先生……

鲍里斯扶住爷爷:爷爷,爷爷……

李书远:快扶老人去屋里!快快!

李书远和鲍里斯搀扶罗索夫向小帆家客厅走去。

李小帆跑过去掀起门帘,推开客厅门。

107.小帆家客厅(内　日)

李书远、鲍里斯和李小帆把罗索夫搀扶到客厅沙发上坐下。

李小帆倒杯茶水端过来,李书远接过去,送到罗索夫面前。

李书远:喝口水!

罗索夫接过茶杯喝了口水,大喘一口气。

李书远:老先生,感觉怎么样?

罗索夫放下水杯,摇了摇头:刚才头晕眼花,现在好多了。

李小帆嘟嘟囔囔着:都怨外婆,好说歹说不开门,让老人站在那儿,都一个多小时了,受得了吗?

罗索夫:小帆,不要责怪你外婆! 这是我罪有应得,罪有应得啊!

李书远:老先生,不要这样说,先回住处歇歇,平静平静,明天再说吧!

罗索夫:不! 请您带路,我要到小帆外公坟上去,向他赔罪! 余夫人不开门,我去向余先生赔罪道歉!

李书远:老先生,还是明天再说吧,您这么大年纪,都出来几个小时了。

罗索夫:我心里难受啊!我是个罪人,早一刻得到夫人的谅解,才能早一点解脱,早一点心里安宁啊!

罗索夫眼睛又潮湿了,李书远有点难以忍受,便答应:好吧!

108.坟冢前(外　日)

杂乱的红柳林,乱草丛生的小路。

罗索夫在鲍里斯和李小帆搀扶下来到坟冢前垂首而立,身后是李书远。

罗索夫神情愧疚,沙哑着嗓音:新超兄弟,我,我罗索夫是罪人,罪人哪!我向兄弟低头认罪,认罪!

罗索夫深深鞠躬,又深深鞠躬。

109.外婆房间门前(外　日)

余秀芝从客厅出来,向外婆房间走去。

外婆房间的门紧紧关闭着,余秀芝上前叫门:妈,开门,是我,秀芝!

余秀芝笃笃笃地敲门。

房门打开了,外婆出现在门口。

余秀芝进入。

110.外婆房间(内　日)

外婆过去立在丈夫的遗像前,手拄拐杖凝望着。

余秀芝走到妈妈身旁:妈,罗索夫走了。

外婆:走了?

余秀芝:去我爸的坟上了。

外婆:啥? 他去了你爸的坟上?

余秀芝点头:……

外婆怔住了,望着丈夫的遗像沉默无语。

余秀芝担忧地:妈……

外婆忽然地:走,看看去!

外婆拄着拐杖向外走,余秀芝上前搀扶外婆出门。

111.红柳林间小路 坟冢前(外 日)

余秀芝搀扶着外婆沿红柳丛中的小路向坟冢走。

来到坟冢旁,外婆看到罗索夫和鲍里斯垂首立在坟前,停住了脚步。

罗索夫负罪垂首站立,神情痛苦愧疚,稀疏泛黄的头发在微风中飘散。

李书远:老先生,回去吧,爸爸他在九泉之下已经听到您的忏悔了,听到您的道歉了,他会原谅您的,会的!

罗索夫没有动。

李书远:老先生,您这样下去,身体会受不了的!

李小帆也劝道:回去吧,我爸说了,我外公在九泉之下已经听到您的忏悔了,他已经原谅您了,回去吧!

罗索夫又一次声音嘶哑地哀求:兄弟,我知道我有罪,有罪!罪该万死,罪该万死,请兄弟原谅,原谅吧!

他用拳头捶打着胸口哭喊着,老泪涌出了眼眶,顺着脸颊流淌。

李书远:老先生不要这样,不要这样……

李小帆:老爷爷不要这样,不要这样……

鲍里斯:爷爷,爷爷……

旁边不远处的外婆望着眼前的情景,脸上出现复杂的表情,忽然手里的拐杖脱手倒在地上,发出啪啦的声响。

李小帆听到拐杖倒地的声音,转脸看,见是外婆。

李小帆:外婆!

她跑上去搀扶住外婆。

李书远也上去扶住外婆。

外婆傻了似的大张着嘴,却说不出话来,在余秀芝、李小帆和李书远的搀扶下,踉跄着向坟冢挪动着脚步。

罗索夫见是外婆,转身迎上去,在距离外婆三四步远的地方慢慢停住。

外婆也跟跄着停住。

罗索夫泪眼负罪地望着外婆,外婆望着罗索夫。

一场暴风骤雨般的情感即将爆发!

罗索夫:余夫人——我,罗索夫向您认罪,赔情道歉,还您的画来了!

他向外婆深深鞠躬,把装绢画的纸盒举到外婆面前。

李书远、李小帆和鲍里斯噤声屏息,凝望着外婆。

外婆似傻似呆地望着罗索夫,半晌抬起剧烈颤抖的双手接过画盒抚摩着。

大家寂静凝视着外婆。

"哇——"

外婆突然号啕大哭,随着哭叫,跟跟跄跄走上前:你,你个罗索夫,你害得我老婆子好苦哇——

罗索夫:余夫人!

他抓住外婆的手⋯⋯

112.敦煌大剧院(内　日)

大剧院正在演出舞剧《水月敦煌》。

舞台上,鲍里斯扮演的波斯王子和李小帆扮演的飞天姑娘相会后喜悦、兴奋、激动地欢舞着。台下坐满观众,大家沉浸在剧情中。

外婆、罗索夫和李书远、余秀芝坐在前排观众席上观看演出。

外婆满面笑容观看着。

罗索夫满面笑容观看着。

李书远和余秀芝满面笑容观看着。

观众们的情绪随着剧情推向高潮,脸上漾出幸福喜悦。

舞台上,当波斯王子把一枝象征纯洁爱情的玫瑰花献给飞天姑娘,当飞天姑娘接受了波斯王子献的玫瑰花时,整个剧场掌声雷动,气氛热烈喜悦!

罗索夫站起来鼓掌,外婆也起立鼓掌。

罗索夫向外婆伸出手表示祝贺,外婆也伸出手,两只手紧紧握在一起了!

李书远和余秀芝由衷地微笑着!

——剧终